U0058504

超能少年

超能研究社 1

陳榕笙

少年好評

這本書結尾的那段話讓我感觸很深：「哭過以後，就要站起來，總有一天，每個人都能找到屬於自己的超能力。」一成長的旅途中，必定會經歷許多風雨，對我而言，我始終堅信著只要戰勝了挫折，便能夠為自己解鎖新的超能力，而這些超能力就像是一顆星星，也許現在不會用到，但它會一直在屬於我的夜空閃耀著，當我遇到挑戰時，它就會跳出來為我指引前方的路，帶著這樣的信念，我相信在往後的成長道路上，我能夠克服更多的困難，收集更多的超能力，更加了解自己。

——臺中市漢口國中張簡宥榕

看完這本書後，感覺裡面的內容非常貼近我們現在的學生生活。包含著青少年學生有著的活力、好奇心，以及在成為成人之前的各種摸索與探究。主角為了研究超能力，帶著一群夥伴創了「超能研究社」一起尋找和探索超能力的存在。越往後面看越精采，雖然可能結局有點出乎我的意料，不過真的讓我學到很多。在這個世界上，每個人都有自己的「超能力」；有人可以用自己小小的信念幫助需要幫助的人；有人出生的背景不那麼好，卻用自己堅強的心成為有用的人。每個人都有自己最厲害的「超能力」，都是最獨特且最珍貴的。

——臺中市漢口國中畢沄琦

一陣輕觸，身邊的物質元素在手中恣意改變型態外貌；一個念頭，瞬息之間即可抵達世界各個角落。電影中，超級英雄們總能各憑己長，善用五花八門的超能力拯救世界，那麼現實中的你相信世上真的有超能力嗎？這本《超能少年1：

超能研究社》透過深入淺出的文句以及妙趣橫生的角色對話，帶著所有胸懷大志的青少年穿梭於現實與夢想之中，踏上尋找超能力的旅途。來吧！就讓《超能少年》的主角帶領你在這人與人的連結越發緊密的世代中，尋找屬於自己真正的超能力，以及平凡中那不平凡的自己吧！

——基隆市銘傳國中蔡明哲

這本書的內容並不會令我感到沉悶，也不會覺得劇情過於艱澀，反而會因為主角們突然的幾句吐嘈、對話而會心一笑。在故事的最後，我曾以為林春藤會和麥可老師喜歡的克里斯多福・李維一樣，用堅毅的生命力跨越命運給他的挑戰，可惜最後他還是無法完成找尋超能力的夢想。看到這樣的結果，我覺得很遺憾，雖然故事結局不能盡如人意，但仍讓我開始期待下一部《超能少年》的故事、期待主角們又會遇見哪些事件。

——基隆市銘傳國中陳玉欣

這是一本讓我漏夜爬起來K完的書，實在叫我欲罷不能。書中主角和他的好友林春藤成立了「超能研究社」，帶領他們走入了超能力的世界。故事張力不但滿足我的豐富想像力，更讓我思考自己周邊是否也有超能力存在的可能？精采絕倫，值得一看再看！

——彰化縣鹿鳴國中楊宗霖

本書的主角們起初懷抱著希望，然而所有的嘗試和努力與堅持到最後，並不是我們所設想的結局，而是歷經受傷、失望與打擊。徬徨中，我們期待可以給予幫助的超能力在那裡？這本書所帶給我們的啟發是：困難在哪裡，我們的超能力也會在那裡展現——給同樣也在尋找超能力的你。

——彰化縣彰化高中施侑辰

作者序

我的「嗚嗚嗚光波」訓練史

【我的超能力】

我曾經想過：如果用意志力就能移動物品，那該是多麼酷的一件事？為此我還練習了好一段時間——吃飯時瞪著碗、寫作業時瞪著桌上的筆、看電視時瞪著桌上的可樂瓶，同時在腦袋裡默唸：

「嗚嗚嗚，碗移動五公分！」

「嗚嗚嗚，自動寫作業！」

「嗚嗚嗚，我要喝可樂！」

旁人看了鐵定一頭霧水，而覺得很蠢吧？可是當時我卻認真的相信：超能力或許可以「練」得出來。

至於為什麼要在腦海中發出「嗚嗚嗚」的聲音？因為我覺得發出超能光波時，應該帶點音效。人家施法術唸咒語也會發出聲音，而我只能發出這種無意義的音節。

「嗚嗚嗚，碗移動五公分！」

有一次，我去吃燒仙草，正在心中默唸咒語時，眼前裝滿黑色液體漂浮著粉粿的碗竟然往我移動了過來！

「啊！」我失聲驚叫，同時心裡吶喊著：我的超能光波成功了！

老闆拿著抹布走過來，把桌面上混著油漬的水痕擦乾淨，光滑桌面上的碗便穩穩停住，不再受到意志力控制了。

原來是裝燒仙草的碗底空氣跟水分形成的氣密壓力空間，在空氣受熱膨脹後

「抬起」了碗，只要桌面有點傾斜，碗就會自己移動；看起來很玄妙的事，其實背後或許都有可以解釋的原理。

真相揭曉之後，我瞬間又回復成沒有超能力的平凡人。

「嗚嗚嗚光波」的訓練計畫就此結束。

隨著年紀的增長，我漸漸清楚認知到：除非伸手去拿，不然可樂不會自己飛到手掌心；而沒人拿著的筆自己飛舞寫完作業這種事，只有在做夢的時候會出現。

原來長大，就是體認到自己的平凡無奇這件事呀！「嗚嗚嗚光波」雖然沒有練成，心知什麼超能力根本不存在的我，內心還是不願長大，目光寧願追著漫畫、電影裡的超級英雄，看他們使出華麗的超能力來解危救急，暗自叫好。

也許成長過程中，擁有獨一無二的「超能力」、做到其他人做不到的事，是少年們短暫的共同夢想吧？

【關於夢想】

長大後，超能力真的不存在了嗎？其實在日常生活中，仍然處處可見它的痕跡。

每天抄經與禱告的人，透過文字或話語的超能力尋求內心的平靜與修行；尋訪名山古剎的人，求的是神明與靈能之地的超能力；不惜花大錢聘請「名師」看風水或改名的人，也是相信高人自有超凡能力，能夠藉由擺設或姓名筆畫的玄機來扭轉命運；人們還是崇拜著有超能力的人呀！超能力被記載在歷史悠久的《聖經》當中，也在每年宮廟繞境的報導中時有所聞，甚至有人誤信別人有超能力而被騙，當然，也有像我這樣誤以為自己有超能力而被自己騙到的笨蛋一枚。

但有件事情，我可以斬釘截鐵的在這邊宣告，經過我多年失敗的超能力訓練與各種不正經的研究，我得到一個結論：懷抱越大夢想的人，越有可能激發出真正的超能力！

而少年們，其實是最容易喚醒超能力的族群，因為他們相信夢想。

相信自己與眾不同的潛能，就像運動員大多很年輕就發現自己的強項，每個少年都擁有某種過人的能力，或許是以前看不太出來，只有在特定時空背景下，才能閃耀特殊光芒的珍貴才華——那就是我寫這本少年小說的初衷「一部符合這個世代，能夠引起現下少年共鳴的寫實小說」。

【新世代的少年們】

科技、次文化與多元閱讀的媒介影響下，造就一整個「數位世代」的普遍現象：著迷於動漫、網路迷因、電競遊戲、手機成癮、社群媒體焦慮……但相對來說，數位世代的少年們，善用網路工具、了解資源的超連結與社群力量，解決問題的能力反而更敏捷、更多元。

數位時代的少年所擁有的能力，在過去看來應該也像是一種超能力吧？

自己所擁有的能力，能夠如何去幫助他人、改變社會……這部作品想要探討的是，站在這個世代少年所面臨各種問題的同理角度，去討論這些孩子如何呈現超凡且獨特的能力來解決問題。

除了解決現實問題的邏輯能力與知識，少年還要具備處理煩惱及傷痛的情感韌性。小說主角們在成長過程中，面對單親、霸凌、親人離去、意外重傷，以及不被社會所接受等壓力與傷害，鍛鍊出獨立的堅毅精神，這也是一種超能力——許多災害創傷案例中，少年們經歷成人也不見得能承受的傷痛與挫折，之後依然勇敢前行。

創作【超能少年】系列之後，對我產生了一種自己都能感覺到的改變：我突然明白了以前自己所遭遇的各種困難、自我懷疑或放棄夢想，其實都來自於不夠理解自己。

理解少年，就是理解內在那個相信夢想的自己。

推薦序

可貴的新世代超能力

文／彰化縣鹿鳴國中教師楊志朗

《論語》中有句名言：「子不語怪力亂神」，然而執教至今，不免時常興起「如果我有能讓所有學生都『乖乖聽話』的超能力就好了」諸如此類的喟嘆。這下剛好有本關於「超能力」的作品又豈容我錯過呢？閱讀過後才發現超能力竟非遙不可及之物，而是早已存在你我之間，就容我大力推薦。

書中性格背景迥異的角色們，在作者生花妙筆下個個身懷絕技，且以直白的設定具象化在讀者眼前：嫻熟老練的電競少年、攀遍百岳如山中精靈般的學姐等，藉由身為社長的林春藤之口，搭配上他無盡的想像力成了另類的「超能少年團」。說穿了這些所謂的超能力，不過是團員們的專長，描述得更平凡點，就是比他人更專精的領域，哪怕只有毫釐之差。套句書中電玩高手阿囧的目標：「若能獲得比別人快一點的反應能力，幾乎就是電玩世界的超能力」——哪怕只有0.01秒已足可高人一等。

何謂超能力？本就是任憑人們想像發揮的空間，囿於成見的大人，包含我在內幾乎只想望著孩子們成龍成鳳，卻無意間忽視「會打洞的老鼠」不也是種具備超能力的存在嗎？這可是龍鳳也辦不到的事呢！

想起班上有位調皮的學生，天資聰穎卻「沉迷」手遊，下課時總端著手機樂此不疲，有回我不禁苦笑著對他說：「如果你把打電動的心力分一半在讀書上，搞不好就第一名了！」可鬼靈精怪的他厚著臉皮回應：「老師，雖然我不是班上第一名，但我剛剛那場Game可是遊戲的ＭＶＰ呢！」看著他真摯且熾熱的眼神，即使與電玩這「成績殺手」不共戴天的我，也感受到他對此全心投入與從中獲得滿滿的成就感。

是啊！這是個多元年代，也因此溝通越顯必要。如同主角東東的爸爸二話不說將他手機扔出窗外，卻未能試圖理解兒子的煩惱與理想。當我對《論孟》、魯迅琅琅上口的同時，聽在學生耳裡略顯詰屈聱牙；反之青少年們時下流行語對我而言亦然。

而我揮汗在講述課本文學當下，又有多少學生埋首於給古人肖像「畫龍點睛」，展露他們的美術天分呢？在傳統看來離經叛道的行徑，換角度觀之其實也是種適才適所吧！

本書大量運用年輕學子的冒險犯難精神，加上隨處可見的現代元素，勾勒出「新世代超能力」的樣貌。例如結尾高潮的搜救片段，阿囧與學長們的無人機、遙控車正是此時最派得上用場的千里眼與順風耳，讓原本習以為常的便利科技，搖身一變呼應了舊社會人們想像中的超能力，凸顯今日生活是如何發達，也彌足珍貴。

以上特點讓本書不單是平易近人的閱讀體驗，更是座溝通的橋梁，供讀者一窺多元化社會的各種可能。十九世紀英國知名作家狄更斯所言「最好也最壞的時代」，在超能力越發豐沛的如今，想必只會更好！

推薦序

用青少年小說為孩子上一堂「如何好好犯錯」的課

文／基隆市銘傳國中閱讀推動教師林季儒

在新課綱的腳步下，我們期待我們的孩子能扎實學科基礎、跨域創新應變，從國際理解、科技資訊到團隊合作、藝術涵養，我們鉅細靡遺、全方位殷殷打造能涵育公民責任的全人教育（Holistic Education）課程目標，竭盡所能的設計了最豐實的課程，卻獨獨忘了為我們的青少年規劃一堂最根本、最迫切需要、得付出代價才能學會的「如何好好犯錯」這堂課。

學習「如何好好犯錯」這堂課，從來都不曾出現在我們臺灣孩子的課表上。

在現今歌頌成功的社會氛圍下，我們一直引導孩子們披沙揀金尋找「正確答案」的可貴，卻忘了告訴成長中的孩子們「錯誤答案」才是砥礪磨亮自己的唯一試金石——在教育現場中青春期的孩子犯錯本是常態，無論是生活常規、人際互動或是課業學習。在陪伴著孩子成長的二十幾年經驗中，我發現孩子們在錯誤面前不是深切羞愧自責就是極力否認掩飾，對於如何好好犯錯、如何從錯誤中學習的經驗卻付之闕如，這是多麼可惜的一件事！在這樣的需求下，我們期待有能貼合生活成長經驗、能引領青少年正視錯誤勇氣的閱讀教材，就如同這本陳榕笙老師的新作《超能少年1：超能研究社》一樣：

無論是正確的或是錯誤的，年輕讀者能夠跟著主角們不斷的用經驗轉譯、連結學習與生活，再將每一次好好犯錯的能力淬鍊成勇於直面挫折的超能力。

有人說：文學源自於生活，又高於生活。從小就調皮搗蛋、絕對不是「正確答案」的陳榕笙老師，就是這樣一貫從實實在在生活中尋找創作養分的說故事高手。作者在《超能少年1：超能研究社》中將輕鬆幽默和懸疑緊湊毫不違和的交織在校園背景的故事線裡，透過口吃卻又開朗的春藤「我有一個朋友……」，這句愛裝熟、拉攏新朋友的開場白中，主角鮮活的躍然紙上：毫不積極的東祐、有點邊緣宅的紀永、先天聽障的雨蕨和冷漠自我的嘉羚，帶領著青少年讀者一起踏進入國中未知的新生活。組成「超能研究社」的他們在歷經探索、嘲笑、偏見和失落後，無畏困難的一起踢爆了超能力大騙局，也偕手參加超能電競大亂鬥——雖然失敗得超有成就感的！在故事的行進間，讀者們將會驚喜的發現作者毫不矯飾的呈現了青少年身處的真實環境：惡意流言的校園、手機成癮的糾結、大人世界的虛偽……在《超能少年1：超能研究社》中沒有人是從不犯錯的模範生，即便是大人也不例外。

犯錯，是任何人都無法迴避的人生課題。事實上，大人從來不是完美的樣板；現實中，心裡的希望也總有被現實幻滅的時候。書中透過國中生的視角尖銳的帶領讀者提出心裡的批判：國文課只顧考試技巧的老師、迷信而破壞生態的大嬸、因為關說而施壓的民意代表……作者想要透過字裡行間帶給年輕讀者的是更深刻的思辨：年齡不是犯錯的豁免，對與錯之間也不是永恆不變的界線！在最後雨葳和嘉羚不告而別的進入深山尋找寶物之時，更生人大加叔叔主動開著麵包車來幫忙、在電競比賽中互看不順眼的學長也一起救援、已經決定回加拿大的麥可老師更是投入搜索行動……當主角群帶著年輕讀者一次一次在是與非、現實與理想中跌倒後再站起來時，我們發現：成長過程中犯的錯絕對不會沒有價值，相反的它是成長中最千金難易的超能力，即便要一次一次用淚水擦亮在心中那指引方向的勇敢，我們依然可以在氤氳裡看見成長天空中已然清楚的彩虹。

好的閱讀素材可以借鏡經驗、觀照生活，可以透過故事貼近心中最核心底層，為孩子培養正確犯錯、在挫折中自我修復的超能力。這一堂「如何好好犯錯」的課不在課表上，但是孩子將永遠記在心底；這一堂「如何好好犯錯」的課沒有成績，但是卻可以讓孩子在未來每一次面對錯誤時不再失分！

推薦序

你的生活力就是一種超能力唷

文／臺中市漢口國中主任張文銘

終於找到自己喜歡的人、喜歡的事，就像高山雲霧縹緲的森林，照進枝葉縫隙裡的一道澄澈的陽光，讓隱身與落葉枯枝為伴的我，也找到一絲絲被同理的溫暖。——黃雨蕨

近幾年，許多經典漫畫透過科技輔助的展現，讓閱讀時透過想像而發展出的畫面，得以呈現於真實視覺的感官之中，而英雄系列的電影，劇情的精采度連結

了許多人的成長歲月，而英雄們為拯救地球與同伴而努力，甚至不惜犧牲自己來換取成功的契機，讓人津津樂道也令人不勝唏噓。

受到英雄電影的洗禮的我，心中的小宇宙也不斷爆發，在課堂中與孩子對談之後，在一次的寫作測驗中留下了這樣的一個命題：「無論電影、戲劇、漫畫、小說，每當地球出現了危機，在緊急的危難時刻都會有英雄出現，扭轉了整個瀕臨毀滅的世界。這些琅琅上口的人物如：鋼鐵人、動感超人、一拳超人、月光仙子等，肯定讓你愛不釋手。請以『變身吧！成為拯救社會的英雄』為題，設定一個或多個你預想的地球危機，如果有機會讓你具備超能力，你想要擁有哪一樣或多樣的超能力（請說明超能力的特色）？並透過你的超能力解救了世界存亡的舉動，請發揮想像力完成這篇文章。」

榕笙老師的《超能少年1：超能研究社》，描述一群想發掘「超能力」少年的故事。「超能力」這個詞語，我想無論在哪一個世代都會是令人討論不完的話題，而榕笙老師筆下的五位少年，成立了「超能研究社」，顛覆了超能一定是科幻的想像，而是來自於最真實情境的生活元素：大家熟悉不過的校園與社團生活、時下學生們最常使用的詞彙與產品、新聞事件中所報導的訊息、活躍又虛擬的網路世界，絕對讓你對這個故事產生滿滿共鳴，甚至激動不已。

無論哪一個成長階段，總是有著不同的煩惱，青春期的孩子也是如此，榕笙老師筆下的五個孩子，就如同我們生活周遭每個孩子的化身，看似平凡，卻也有著各自的煩惱與期待。其實，我更想邀請所有的爸爸媽媽與老師們，一同進入這故事中，一起探討每位孩子的背後所發生的問題：相處的問題、自信的問題、親情的問題、交友的問題、網路的問題，每一個都需要我們的細心觀察與引領陪伴，孩子的生活就如此篇前語，故事中的雨葳所說道：終於找到自己喜歡的人、喜歡的事，就像高山雲霧縹緲的森林，照進枝葉縫隙裡的一道澄澈的陽光，讓隱身與落葉枯枝為伴的我，也找到一絲絲被同理的溫暖。

謝謝親子天下總是出版如此優質的好書！這是一本讓每個孩子邊讀邊進行思辨的小說——自我探索、媒體識讀、同儕交友、親子互動、生涯知能、安全防災等。在我讀完的同時，偷偷跟你說喔，故事中每個孩子煩惱的反面，其實是不自覺的超能潛力：多0.01秒的反應、樂觀開朗的個性、主動探索的能力、安全求生的素養……

邀你一起來參與「超能研究社」，和主角們一起成長吧！

推薦序

各種苦惱的青春期

文／戀風草青少年書房店長邱慕泥

「超能少年」這個書名乍看像是一本飛天鑽地的奇幻小說，其實不然。作者引領我們進入現今國中教育的困境，藉由闡述青少年對此階段的不滿，試圖打破現狀的一些渴望與行動。此一時期孩子們的「苦惱」是活生生且真實存在，一點都不奇幻。

國中求學階段一直被描繪成一種「牢籠」，相較於國小的無疆無界、無拘無束，形成了明顯的對比。升上國中之後會聽到一些國小時聞所未聞的名詞：警告、記過、學務處、生教組長等等，校方百般的限制，就是要大家乖乖聽話，一個口令一個動作，當個乖學生別搞怪。「殺雞儆猴」的管理模式，在國中是相對重要的手段。

當現實環境無法滿足國中生的欲望，那麼對「超能力」的渴望，就會成為他們的殷切期盼。

雖然作者以一所「實驗國中」為假想學校，試圖擺脫「升學壓力」的限制，但仍然不免看到學生內心的諸多苦惱。孩子遇到苦惱時，竟然不是尋求學校或師長們幫忙解決，而是渴望擁有超能力。

至於在故事具有重要地位的「社團」，在現實生活裡經常是玩假的，曾聽說國中生參加社團要「排志願」，甚至因為「排志願」而被分配到不那麼喜歡的社團，本來想要參加「籃球社」而被分發到「慈暉社」，多麼不可思議！想要朝自己最渴望、有興趣的社團發展難道不行嗎？

常常跟國中生說，到了高中，你要好好玩社團。高中的社團才是玩真的。社團的重要性，除了學到某些學校學不到的東西之外，它更是志同道合的朋友，因為特殊的因緣際會在一起的契機。同好們為了共同的興趣，共同的目標而努力，真正嘗試「try and error」的樂趣。社團不怕錯誤，不怕沒有效率，社團是在培養革命情感，就像本書中的「超能研究社」那樣。

「國中生需要什麼超能力」和「國中生想要成為怎麼樣的人」是本書持續關心的議題。教育如果不願意讓孩子「嘗試錯誤」，孩子怎麼能找到真正有感情的人生道路？要怎麼才能有自信的走下去？

國中生與家長們，邀請您們一起走進這個故事，一起發現孩子們的苦惱，一起幫助孩子們挖掘屬於他們的超能力。

推薦序
每個人都是別人眼中的超能力者

文／教師．輕小說作家張崴嵩

這是一個在真實世界中，尋找超能力者的故事。「如果能夠快那0.01秒」、「如果能夠預測未來」、「如果能夠在天空飛翔」……如同故事裡的林春藤、黃東祐、黃雨葳、白嘉羚、陳紀永，甚至是麥可老師，每個人都有著自己在生活中要面臨的課題與遺憾。

透過作者的筆觸，我彷彿穿越文字認識了這些朋友，或許是那個在成績壓力與遊戲誘惑的夾縫掙扎的黃東祐，又好像是在山林裡尋覓、思念逝去親人的白嘉羚，又或者是不擅長與人交談，想躲藏在文字背後的黃雨蕨。

不，仔細一想，這些人好像原本就在我生活周遭了，只要闔上眼回憶，我也能和林春藤一樣，說出「我有一個朋友，他……」這樣的話，他們是我的同學、師長、網友，親戚，他們每個人都有著各自喜愛或在意的事，也有著各自的難處與生活的掙扎，更有著自己擅長的神奇能力——至少在我的眼中，的確如此。

孩提時，對世界充滿著未知的想像，期待會有電影中的超級英雄來解救一切問題，甚或者自己就能成為超級英雄，在那樣的年紀裡，每個人都有可能變得獨特。但每個人在步入國中階段時，幾乎都要面臨升學與考試的壓力，成績彷彿變成權衡個人價值的標準，與故事裡的主人翁們一樣，我們期待著夥伴，也期待著一個能跟隨的英雄，那樣的英雄，或許是扮演超人的克里斯多福．李維，或許是林春藤。但英雄在螢幕之外，卻是與你、我一樣的凡人，也有著生活中的掙扎，甚至這樣的英雄可能會比我們更早停下腳步，而電影裡逆轉一切的情節卻往往不會出現，需要我們自己挺身去面對、去解決。儘管不一定能走向美好結局，但螢幕之外的人生卻始終繼續著，我們不會因為領首的王子倒下了就停下腳步，而是繼續我們的生活。於是我們繼續往前，跨過了國、高中的求學階段，繼續往前，去面對在「聖殿」之戰後的大小挑戰，並尋覓、企盼著更多異世界的神隊友，並希望自己也能擁有異世界的外掛保護，擁有快那0.01秒的超能力。但其實我們早就有了屬於自己的能力，那或許是能鉅細靡遺寫下所有文字的能力、在野外求生的能力、透過科技幫助他人的能力，喔，又或者是「家裡有錢」這項超能力。

這也是在故事裡，我最喜歡的一部分：在其他人的眼裡，我們其實早就已經是超能力者了。

這是個在真實世界中，尋找超能力的故事，而他們也真的都找到了。

闔上書之後的你、我也是。

序章
決戰·聖殿之巔！

從來沒想過，我們會落入這樣的困境。

這座美其名為「聖殿」的建築，金碧輝煌危立在懸崖邊，看似神聖卻處處敗露著邪惡氣息。

「無所謂遠征軍」通過層層考驗，打破銅牆鐵壁，終於殺到敵軍的大本營。

雖然自嘲「世界滅亡也無所謂」，「被打趴也無所謂」，但此刻所有的戰友都已壯烈犧牲，只剩下我們，為了世界上最後一絲正義的希望，不辭艱苦踏上遠征的旅途。

然而，一個不小心，全軍卻陷入魔博士設下的結界陷阱，後路被斷絕，敵軍四面圍攻，逐步將我們逼上山巔。

原野燃燒著帶有硫磺氣味的地獄之火，還有魔博士與他的黨羽，眼光透露著殺意，超能戰士在這孤立無援的險境中，性命就像魔博士的囊中之物。

魔博士身上披著被無辜者血液染紅的披風，頭戴著SSR級稀有的鬼武者盔，臉上爬滿疤痕與雜亂的鬍髭，被戰鬥的血汙沾染得更加猙獰，手中握著傳說中連魂魄都能斬斷的「暗黑之斧」，一旦接觸這無時無刻吸取能量的武器，任何生物靈體都將皮開肉綻、魂飛魄散。

不管是任何等級、任何裝備的勇者，在這最終魔王面前都不得不咬緊牙關、浴血奮戰。

而幾乎沒有後援的遠征軍，面對著殺氣騰騰的魔博士，只能背水一戰。

可是，情況對我們十分不利。

仔細想想，倉促成軍的「無所謂遠征軍」，只是一群最初階的勇者，尚未通過新手村的試煉，也未取得「高階戰士」的資格。

然而，此刻所有比我們資深的戰士，早已難逃魔博士的魔爪，紛紛葬身懸崖下。

魔博士囚禁了一群神話中的眾神，他們原本受到世界各族的尊重，卻被魔界的力量所壓制。有神垂頭掉淚、有佛閉目不語，魔博士與他的爪牙藉著這些被綁架的眾神，威脅普天之下的芸芸眾生，都必須臣服於他的統治。

即使戰到最後一兵一卒，也沒人願意屈服。

回首看看可敬又傷痕累累的隊友：戰鬥值最高的人類戰士「阿勇」，身上已無半片完好的盔甲，殘破的護具底下滴落著鮮血，意味著他的生命值正大量流失。他用盡全部的招式，逼魔博士現出原形，沒想到現出原形後的魔博士更加強大，即使是人類最強的戰士阿勇也難以招架。

森林女神「百靈」的綠袍，蒙上一層硝煙的黑灰，失去了大地屬性的魔法，沒有防護罩能為我們阻擋下一波硫磺惡火的襲擊。

女神的戰友，同為大地系的「雨精靈」使用了霧隱術，遠離戰場向友軍求援，但也生死未卜。

來自外星的「異星」補上戰鬥的空缺，為我們擋下無數的攻擊，耗盡了生命值躺在地上，他已經無法再留在地球保護我們了。

我是咒術師，除了寫下咒語施術攻擊或防禦之外，本身並沒有防禦能力與物理攻擊能力，因此若是沒有戰士的主攻、外星超能者的阻擋攻擊，以及森林女神的補血，我也撐不了多久，正當我還在用咒術筆召喚光之魔法時，魔博士與他的爪牙已經殺到我們眼前。

凶惡的魔博士絕不會給我們喘息的機會，正當他執起斧頭，往我劈下來時……

「鏗！」一把閃耀著金色光芒的利劍，橫擋在我面前，止住了魔博士的攻勢，操縱這把金色之劍的人，正是人類僅存的皇室超能力者——雷亞王子殿下！

「殿下！小心暗黑之斧啊！它會吸收所有武器的能量！」

「知道了，你趕快……走，這邊……我來應……付，你趕快……召喚更多……超能力……戰士來幫……忙……」殿下手上的光之劍與暗黑之斧緊緊嵌合，迸出激烈的火花。

「殿下，我不能丟下你一個人啊！更何況……我們已經是最後的超能力者了……」我哽咽著，眼眶泛紅，不是害怕死亡，只是可惜了一路上夥伴的犧牲。

我想要放棄一切投降。可是，即使投降，敵人也不會饒過我們。

一切都無所謂了，只能使出最後的「大絕」。

我拿出魔法書，翻開最後一頁，這是上古時期流傳下來，玉石俱焚的法術，非到萬不得已，絕對禁止使用。

若是施展這禁忌的法術，咒術師也很可能被自己召喚的法術給吞噬。

不，應該說是被召喚出來的「什麼」給吞噬。

這就是「異世界神隊友召喚術」。

我要開啟與異世界相連的蟲洞，召喚和我們不同宇宙時空的靈體、戰士，與魔博士同歸於盡。

這一招法術的風險是，無法確定召喚出來的是正義或邪惡的隊友。如果是一群正義之士，相信會回應我咒語中的請求，伸出救援之手。然而也可能，通往異世界的蟲洞在充滿邪靈的空間打開，那麼從那裡出來的，不管是惡魔、喪屍或是另一個世界的魔王，肯定都會加入這場混亂的戰局。

或許我們還有機會贏。

看著殿下奮力阻擋魔博士的攻勢，我寫下了召喚異世界隊友的咒語，然後靜靜等待。

眼前的土地發出輕微的震動。

裂縫迸出無數道光，從四面八方射出。

城牆上、岩壁上，地面上、岩漿流過的水塘、化為焦土的森林……到處都有像是空間裂縫的蟲洞打開，閃爍著耀眼的光芒，接著手持武器的戰士、魔法師、精靈、獸人從這些時空裂縫中掙扎著爬了出來！

我渾身起雞皮疙瘩，這幅畫面實在讓人腎上腺素飆高！只見所有異世界隊友來到聖殿之後，抄起武器見魔就砍，遇鬼則殺……太好了，我成功召喚出正義一方的隊友，我軍勝利在望……

人類最後的皇族血脈，雷亞王子轉頭向我致意：幹得好啊！魔法師！

我彷彿從他的笑容中，看到了人類未來的希望……

但就在他分神對我微笑的此時，困獸般的魔博士放出了玉石俱焚的最後大絕招！

只見他將手中的「暗黑之斧」用力擲出，巨斧在空中快速旋轉，劇烈的轉動讓漩渦中心出現了像是黑洞一樣的巨大引力，巨斧所到之處將一切都吸進了黑暗虛空的異次元，而這快速旋轉的黑洞，正朝著王子殿下而來！

雖然我們也試圖阻止這橫行霸道的巨斧，但「暗黑之斧」所形成的黑洞漩渦實在太強大了！戰士召喚空中盤旋的獵鷹，發動俯衝攻擊，卻徒勞無功的被吸入黑暗虛空當中；百靈女神的魔法護罩也完全抵禦不了巨斧的逼近；千鈞一髮之際，異星超能者挺身而出，以肉身阻擋黑洞漩渦，卻遭到邪惡之斧強大的破壞力斬斷身軀，直逼王子殿下而來！

原本預期的大逆轉並沒有出現。

王子殿下轉身迴避，但已經太遲了。

「邪惡之斧」直接命中了王子殿下的背部，鮮血從盔甲中噴濺而出，瞬間又被黑洞的巨大引力吸了進去。

無所謂遠征軍的任務，至此已經完全破滅了。

整個世界開始碎裂，像是玻璃被擊破一樣。

反正一切都無所謂了。

01

我有一個朋友……

人跟人之間有一種互相呼喚的超能力，像是「心電感應」那樣，會在腦袋裡發出某種電波，呼喚自己速配的朋友……

我有一個朋友，說起話來總是神祕兮兮，有時候和別人爭辯，一著急會有點結巴，招牌的短髮，襯衫釦子常常扣到第一顆，給人一種憨直的感覺，不過別被他的外表與口吃給騙了，那是因為他腦袋裡正在快速組合出乎意料的字句與各種怪異奇想的關係。

他是我在國中認識的第一個朋友。

七年級剛報到的那天，我走進了「拾穗班」教室，我的座位是在最靠近窗戶那一排的第一個位置，也就是面對講臺最左側那一排，窗外是二樓望出去的校園風景，面前則是老師的備課桌。倒數第二排的第一個位置，就是那位神祕朋友，他的座位剛好跟我相鄰。

開學第一天第一堂課是導師時間，同學們彼此都不熟，所以導師預告待會要讓大家輪流上臺自我介紹，我除了望著講臺上的導師之外，眼角忍不住一直偷瞄隔壁的同學。

因為他的行為實在太可疑、太詭異了。

當導師在臺上口沫橫飛的叮嚀著新生注意事項時，這位同學完全沒有把頭抬起來過。

他一直不斷的把課桌上的鉛筆盒蓋打開，然後關上，對著鉛筆盒裡神祕兮兮的傻笑、皺眉、口中唸唸有詞，接著不停重複這些動作。

相信不管是誰，第一眼的印象，應該都會覺得，這個同學腦袋有點問題吧？

雖然是開學第一天，可是因為服裝廠商來不及交貨，班上有一半同學還沒拿到新制服，只能暫時穿著以前國小的制服，可是他身上已經穿著熨燙得直挺的新校服了。

聽我爸說，有辦法開學前就拿到制服的，都是很早以前就卡位的「菁英家庭」，不免讓我對這位看起來異常的「菁英」同學感到好奇了起來。

他身上有種天生的神祕感，讓人摸不清楚他在想什麼。短短的髮型，臉孔白淨，眼睛有光，嚴肅的時候，帶有一種高人一等的氣質，彷彿散發「我不在乎別人對我的看法」那樣自在的氛圍。

老實說從國小時期，我就注意到有些同學只活在自己的世界裡，完全不關心課業的事，也不太跟別人來往，每天到學校只是為了交換遊戲卡或偷偷摸摸玩手機，以惹怒所有老師為樂。

但這神祕人物顯然跟那一類型的人不同——他正全神貫注的做一件正經的事。那種專注神情，我只在認真工作的人身上看過，像是我叔叔烤麵包時，滿頭大汗卻還是緊盯烤箱的樣子，大概就是那樣。

我無法理解眼前這位同學開關鉛筆盒的動作，但即使是多麼奇怪的人，做多麼奇怪的事，我也不會開口問。這是我的習慣，我只喜歡在一旁觀察。

「喀噠」打開鉛筆盒蓋。「砰」立刻闔上。

「喀噠」「砰」

可是他實在太吵了！

我很懷疑老師竟然沒有注意到他的詭異舉止，他不斷的打開、關上鉛筆盒，到最後連我都忍不住好奇心，鼓起勇氣問他：

「同學，你在幹什麼啊？」

他抬起頭來轉向我，像是惡作劇的小孩被逮到，露出開朗又靦腆的微笑。

那直率的燦爛笑容，簡直就像是動漫中的少年英雄般無敵爽朗，只有懷著任何險阻困難都不怕的勇敢情懷，才會發出這樣的微笑。

那笑容真令我印象深刻啊！開學第一天，很難在緊張不安又充滿期待的國一新生臉上，看見這麼放鬆又直爽的笑容。我直覺的認為，這位舉止詭異的同學，應該會跟我聊得來吧？

「你們兩個，給我站起來！老師在講解新生注意事項，你們兩個在那邊傻笑什麼？」

這時候，我還不知道，這位神祕的同學，是一位超、超、超級大麻煩人物。

這位說起話來總是神祕兮兮、笑起來卻像撥開整片烏雲的少年，叫做林春藤。說起來真的很不幸，只因為我跟他開學時坐在一起，跟他說了第一句話，一起被老師叫起來警告，結果就被全班同學誤認我們是死黨了。

林春藤如何在開學第一天成為風雲人物？請看他在第一堂課的自我介紹：

「大家好！我叫……林春藤。」林春藤跟大家一樣，等導師唱名之後，站到講臺上，雖然有點緊張口吃，腔調也有點奇怪，但他用爽朗的笑容面對全班同學，大家都忍不住跟著他笑了起來。

接著，他一本正經的說：「我最大的興趣，就是『超能力』！我想尋找擁有『超能力』的人！如果你們認識超能力者，拜託……請告訴我！」

臺下頓時爆出笑聲，同學交頭接耳。

「嘿！同學，那你有什麼超能力嗎？」有人提出開玩笑似的疑問。

「有喔！我很會猜拳，我從沒猜輸過。」

「哈哈哈哈！真的假的？猜拳也算是超能力喔？」第一節下課後，大家全都圍在他身邊。

這一位怪怪的少年，從開學的第一天的自我介紹，就立刻「圈粉無數」。不過，好人緣是他的強項，無論是誰都無法與他那天真爽朗的笑容為敵。

不管氣氛多麼低迷，總能撥雲見日的爽朗個性，讓他結交了不少校內校外的好朋友，也因此後來他的口頭禪，竟然成了「我有一個朋友……」。

我有一個朋友，叫做林春藤，根據他的說法，他的超能力是「無敵猜拳」，但不是「一直跟他猜好玩也不會輸」的那種，而是在一決勝負的時刻，像是「下課十分鐘誰要去販賣部」，林春藤從沒輸過，總是能得到心裡想要的結果。

林春藤很愛對別人說：「我有一個朋友，他叫黃東祐，小名叫東東……」

我最討厭人家叫我「東東」了！這個小名，只有媽媽才會這樣叫我，不管我抗議幾千次，她也只會笑笑說：「我們家哥哥長大了呀。」

為什麼林春藤會知道我的小名？

開學後某一天，他興致勃勃的告訴我，他要籌組一個社團，名叫「超能研究社」。那天他轉頭跟我要LINE，我推說沒有，但當晚他打電話到我家，胡亂瞎聊一通。媽媽接到那通電話，開頭他很有禮貌的打招呼，然後我媽扯著喉嚨大叫：「東東啊，你們學校的林同學打電話找你喔！」

隔天我只好乖乖讓他加我LINE，然後把他的訊息設為靜音，因為林春藤開始傳一大堆網址給我，內容都是一些看起來很扯的農場文，不外乎哪一國的某個地方出現了關於超能力的奇人軼事等等。

這些故事固定有個規律：某某窮鄉僻壤，某個普通到不行的窮苦人家，出現某個擁有超能力的古怪傢伙——通常是被雷擊、有過瀕死經驗或生下來就怪怪的，反正超能力就這樣憑空出現，然後會有某某大學或研究機構的什麼教授跑出來，宣稱這是千真萬確的世紀大發現。

這種事情林春藤竟然信以為真，我想他真的有點天真浪漫，或是少根筋。

林春藤就是個天生少根筋的人，可是不知道為什麼對某些小事特別關注，就像他跟別人提到我的時候，通常還會加一些他自己亂講的東西。

「我有一個朋友……名叫黃東祐，他是個觀察力很強的人，而且他的文筆超厲害，可以把觀察到的心得一五一十的寫下來，就像說故事一樣，很厲害吧？就連網路上的文章，他也很快可以指出邏輯上的矛盾之處，哈哈，他正在寫一篇很厲害的小說，可惜他不給別人看。喔，對了，黃東祐不喜歡人家叫他東東……」

夠了，後面那句可以不用加，至於前面的描述，也是他自己胡亂掰的。我一點都不喜歡寫作，我唯一的優點，就是寫字很快，因為從國小開始，我們家就規定越快把作業寫完，就能越早玩手機或看電視。

什麼「觀察力」，我根本沒有那種能力，只是跟他相比之下，我比較會看場合、看別人臉色而已。

在我看來，他的惡行之一，就是到處亂介紹朋友，在他的介紹之下，我們好像都很厲害似的，其實這是他拉攏「新朋友」，愛裝熟的老毛病。

「我有一個朋友，名叫陳紀永，大家都叫他『阿囧先生』或『阿囧』，因為陳紀永陳紀永讀快一點，就像是陳囧一樣。我的朋友阿囧是一個電腦天才，他不但是電競選手，還拿過世界冠軍！對了……他家開火鍋店，招牌菜色有豬肉鍋、牛奶鍋、海鮮鍋、酸菜白肉鍋……都很好吃喔！」

「我有一個朋友，她叫白嘉羚，大家都叫她『白羚』。她十三歲以前就爬過六座三千公尺以上的百岳，對她來說，玉山什麼的就像她家院子一樣……」

「我有一個朋友……我們都叫她『蕨妹』，她是東東的妹妹啦。你可能會以為她不太愛理人，實際上她的個性很可愛、很迷糊，因為一邊的耳朵聽不太清楚，所以從右邊叫她時，有時候她會聽不見……但是她很會手語喔……」

「我有一個朋友……」這句開場白，他可以沒完沒了的介紹下去。

人跟人之間怎麼會成為好朋友呢？我一直在想這個問題，為什麼林春藤看起來總是這麼輕易的就交到新朋友？而我整整國小六年，卻沒有一個知心的好朋友？

我曾經問林春藤：「為什麼我們會成為朋友啊？」明明家庭背景、興趣跟個性差那麼多。不只是我，我想我們這群被貼上「林春藤死黨」標籤的「超能研究社成員」都有同樣的疑惑吧？

林春藤想了想，露出一臉無辜的燦爛傻笑：「那是因為，人跟人之間有一種互相呼喚的超能力，像是『心電感應』那樣，會在腦袋裡發出某種電波，呼喚自己速配的朋友……」

我才不相信咧！什麼超能力，還有什麼電波、心電感應。人類難道靠著第六感來交朋友？但我的朋友太少，還搞不清楚這是怎麼運作的。

說也奇怪，有些人你就是怎麼樣也不會跟他成為朋友，每天在同一間教室上課好幾年，擦肩而過或簡單打招呼，可是就是聊不起來。

有些人卻像在輕輕呼喚著我，而我回應了呼喚那樣，一見面就好像認識很久，於是自然而然成為朋友。

看來交朋友也沒有很難，為什麼我以前都沒有朋友呢？

可能是嫌麻煩吧？害怕新朋友會帶來不同的麻煩。

可能是覺得無所謂吧？我以前的口頭禪就是：「無所謂啦……」

我只是一個嫌一切都很麻煩的國中生而已。

而我現在最大的麻煩，就是林春藤這個人，以及他想要成立的「超能研究社」。

這是我國中一年級開學第一天得到的結論。

02 超能研究社

每次看到電視上的英雄電影，或是冒險犯難的人生故事，雖然心裡有點羨慕，但也覺得「當一個英雄真麻煩啊……」，不但要使盡所有的力氣滿足所有人，還要歷經各種困難險阻，光看就覺得很累。

我曾經以為，因為林春藤家裡有錢，所以大家都想跟他當朋友？或許好人緣的同學都像他：氣質獨特、功課與體能優秀得無可挑剔。而我就是那麼平凡又俗氣，功課差又跑得慢，家裡沒錢也無所謂，我還是喜歡自己的家。

生長在一個平凡又俗氣的地方，能夠認識像林春藤這樣的同學，就顯得有點特別了。

為什麼是平凡又俗氣的地方呢？我們所住的小鎮，叫做「嶸樺鎮」，坐落在一個離大都市有點距離的海邊，居民大多靠著農業與水產養殖維生。鎮外有座小山叫做「聚寶山」，因為是由火山口所自然形成的一座環形山，海拔不高但地形複雜，沒有辦法修築步道來發展觀光。

我所就讀的學校，是鼎鼎大名的「馥桂中學」，雖然說是一所地處偏僻的實驗中學，但是有一半以上的學生，都是慕名遠道而來，有的長途通學，有的舉家移居入籍學區，通過有點困難的入學考試，只為了擠進這所辦學跟師資都極富盛名的學校。

幸運一點的學生，就像我這麼平凡的人，也有機會可以入學。

小時候常聽大人說：「讀馥桂，非富即貴」，這句話大概可以套用在林春藤身上，聽說他們家是在地有名的有錢人家。跟我們家完全相反，我是靠著學區保留名額，才勉強擠進來的窮人家學生。

林家人大多已經移居外地，只留下一座荒廢的老宅院和大片的土地，林春藤則是與爸爸媽媽住在鎮上一間家族產業中的公寓。

聽我爸爸說，林家雖然「家道中落」，但從林家的老宅可以看出過去風光的歲月，即使已經荒廢，還是非常壯觀，院子裡有一座可以躲避二十個人的防空洞，那是過去戰爭時建造的，爸爸小時候跟著爺爺躲過空襲，每次說起他的童年，爸爸的眼睛裡彷彿都閃爍著滿天的火光。

防空洞上面長了一棵大榕樹，據說是空襲時，炸彈把附近的一棵百年老榕樹炸飛成兩半，其中一半飛到防空洞屋頂上，居然就這樣攀附生存了下來！

仔細一看那榕樹的樹根，就像八爪章魚一樣緊緊的攀附在水泥掩體上，並往上竄升，看起來就像一朵超巨大綠色花椰菜，樹蔭間垂落長長的氣根，小時候我們會溜進荒廢的大宅院子裡，抓著那些氣根盪來盪去。

那時候，我還不認識林春藤，因為他是小學畢業才搬回鎮上。聽他說，以前跟著家人輾轉住過日本、美國，在日本讀幼兒園，在美國念小學……如果是這樣，那他幹麼回到這種鄉下地方？

當我跟他熟一點之後，問過這個問題，他一樣神祕兮兮的回答我：「因為……我想要找到超能力者呀！聽說我們家族裡，有好……好幾位具有特異功能的叔叔伯伯，說不定……我的身體裡也潛藏著神奇的超能力，可能被喚醒呢！」

我並不相信這世界上有「超能力」，因為我就是一個徹底平凡的國中生，從小就被教導要守秩序、不要逞英雄、凡事腳踏實地、不要妄想一步登天。

林春藤的想法跟我不一樣，他認為自己的家族血緣藏有某種神祕的力量，這種力量跟這所學校有著密切的關聯，而他的使命就是找出這種神祕的關聯。

馥桂中學有許多繪聲繪影的傳說，光是學校的建築物就很有特色，創校落成至今百年，鋪著紅磚的巴洛克式建築，傳說是一位日本皇族建築師所設計。

經歷過大地震，百年紅磚大樓依然完好，但後來興建的新校舍卻倒塌了大半，所以後來又在坍塌的校舍原址，規劃了樓高五層的綠能教學大樓，設備新穎，同學們都喜歡在新大樓上課，因為有冷氣。

我後來才知道，這兩棟建築物，都跟林春藤的家族有淵源。

當初這間一百三十年歷史的老學校，曾經在擴建校地時，因為經費困窘，由地方鄉紳捐贈一大半的土地，慷慨贊助辦學，讓馥桂中學得以擴充校地，才能一路成長茁壯，變成現在包含中學部及高中部的完全中學。

不用說，捐贈一大片土地給學校的那位鄉紳，就是林春藤的阿祖。他們家從戰爭之前就已經很有錢了，經歷好幾代子孫的努力，累積了更多家產，因此也相當慷慨，熱心地方公益。

除了捐獻土地之外，學校巴洛克風格的紅磚大樓也是林家捐款募資才得以大興土木，據說當時設計校舍的日本皇族，也是衝著林家的面子才接受請託。

我爸爸說過：「林家的好名聲，來自他們待人誠懇，從生意的夥伴到家裡的伙計，同樣童叟無欺，所以他們家雖然富裕，但從未虧欠別人。」這些話當然也是聽他阿公，也就是我阿祖講的。

阿祖是林家的佃農，也就是跟林家租田地來耕作的農人。我們家過去可是相當貧窮的，我覺得以前的人，特別是我們家的長輩們，真的是太笨了，完全不知道變通，耕田就耕一輩子，完全沒有想過其他可能。

林春藤的阿祖的爸爸，應該叫曾祖父吧？是來臺灣後的第一代開臺始祖，聽說一開始也是墾荒的農夫，可是後來卻跑去做生意，買賣鹿皮、糖跟鹽，光這三樣東西就讓他兒子，也就是林春藤的阿祖，成為了當時臺灣最早的「富二代」，從此之後富三代、富四代一直下去……

學校興建新大樓時，林家當然也捐了一大筆錢，難怪他可以最早拿到新制服。跟我家比起來，林春藤家毫無疑問是有錢人家，不過我一點也沒有要跟他比較的意思。

我媽常說，知足的人比較容易感到幸福。我們家一向都很珍惜擁有的小小幸福，就拿我來說好了，我沒有一樣算得上是才華的東西，功課中後段，人緣很差，外表其貌不揚，還不是活得好好的？每天都掛念自己受不受歡迎的人，想必一定很辛苦吧？

開學沒多久，林春藤找我成立「超能研究社」，我一點興趣也沒有。什麼超能力，奇幻生物或外星人跟我沒有半點關係，我從來不想擁有特異功能，可以穿牆或透視之類的。

如果可以瞬間移動，當然很省事；如果可以讓時間暫停，那我就可以把玩手機的時間無限延長。這聽起來好像很愚蠢，我已經在手機遊戲上虛擲了許多光陰，為此也吃盡苦頭，被爸爸罵到臭頭、成績一落千丈，有超能力也救不了我。

如果可以變得更聰明一點，或更受歡迎、風趣幽默，那當然也不錯，不過，我只希望一輩子都平凡安穩，不要出風頭或逞強。

每次看到電視上的英雄電影，或是冒險犯難的人生故事，雖然心裡有點羨慕，但也覺得「當一個英雄真麻煩啊……」，不但要使盡所有的力氣滿足所有人，還要歷經各種困難險阻，光看就覺得很累。

反正無所謂，超級英雄也不會輪到我。

想要體驗擁有超能力的感覺，只要拿起手機，點開遊戲App，就可以盡情扮演超能戰士或是精靈魔法師，遇到不喜歡的職業轉職就好，反正有耐心，一定可以抽中厲害的角色卡牌或是打到稀有裝備。

小時候我最喜歡出去玩，就算只是去林家老宅院探險，或在公園玩沙一下午，最後傍著夕陽回家的感覺總是那麼美好。

可是，長大後，手機遊戲取代了所有好玩的事物，真實世界變得索然無味，功課無聊，交朋友也變得可有可無……成立社團？聽起來就很麻煩。

可是林春藤就是有辦法說服我，加入「超能研究社」。

最實際的好處是，馥桂中學的校規中，鼓勵學生成立新社團，所以新社團的幹部，在學期結束的總成績會有大幅的加分。

林春藤提議我擔任社團的副社長，和社長（他自己）一樣，除了各記小功一次之外，期末總成績直接加十五分。對我這樣成績落後的平凡國中生而言，簡直像吃了大補丸一樣。

再來，成立社團後，我們每週四下午第五、第六節的社團時間，可以安排自己喜歡的課程，放學後也可以依照社團規章提出申請，從事相關活動。

為什麼國中生要參加社團？我還以為高中生才需要參加社團，原來每週四第五、第六節是國中的社團時間。有的學校完全沒有社團，或只是作樣子，比如改成「數學研究社」、「物理新知研討社」之類的讀書補習社團。

但馥桂中學的社團可是聲名遠播的喔！「科普研究社」是每年科展的常勝軍，「創作發明社」常常在國際發明展摘金，「辯論社」與名校在辯論場上交鋒，「英文話劇社」經常登上國家劇院公演，這些精采的社團成果，都是家長大費周章想要把孩子送進馥桂的原因之一。

面對一個以「社團活動」聞名，還能成為招生亮點的實驗中學而言，要成立新社團當然也不是那麼簡單。

林春藤寫信給校長，希望能當面跟校長說明他成立社團的理由。以國一新生而言，他實在是太衝動了。

馥桂中學的歐校長是一位體態圓胖、頭頂光禿發亮，朝會時偶爾會拿自己的禿頭開玩笑的人，學生們覺得校長幽默風趣，暗地裡都叫他「O長」，是歐校長的「歐」改成「O」再加上校長的「長」字。

中學生很愛這種無厘頭的玩笑或暗號，有一次我在學校涼亭的柱子上，發現有人用修正液在那裡塗了O長的Q版塗鴉，圓圓胖胖的身材，詼諧又有點陰險的表情，真的很無聊可是又很好笑。

歐校長辦學理念中，成績斐然的社團活動是他的驕傲，面對來自各地的菁英學生，一定少不了像林春藤這樣勇於提出看法的學生。聽說O校長微笑著聽完林春藤成立「超能研究社」的動機後，只問了一個問題：

「你是林家……林集益的孫子？」

「林集益是我曾祖父。」

O長點頭沉思，又看看林春藤陽光燦爛的笑容，提出三個條件，同意了社團的申請：

首先，O長說全校的社團都已經有固定的教室了。既然要成立社團，總要有活動教室吧？在沒有閒置教室的情況下，林春藤要先找到社團活動地點，而且要經過學校同意。

第二，每個社團都需要一位指導老師，但是全校老師大多已經有固定指導的社團，如果沒有人願意兼任我們的指導老師，社團就無法成立。

第三，我們要做好一份「社團營運計畫書」，下星期前交給校長核准，要清楚寫明社團的營運目的、招募社員的計畫，以及組織分工，還要提出什麼年度目標，一堆令人傻眼的名詞，光看都頭暈。

如果以上三點可以達成，社團成員的期末總成績都可以加五到十分，這是新創立社團的獎勵。社長及幹部則是總成績加十五分，超級補血。

當然若是失敗，就什麼都沒有。

「但你也沒有任何損失呀！」林春藤說。

開學後的一個星期日下午，我來到林家老宅的防空洞。好久沒有來這裡玩了。老宅庭院是嶸樺鎮上孩子們的共同遊樂場，防空洞上方有棵大榕樹，樹幹中央分岔處用木頭搭蓋了嶄新的樹屋，還有一條繩梯可以攀爬上去。

我強忍著想「邊歡呼邊爬樹」、「在樹屋眺望」、「學泰山鬼吼盪樹藤」那些小屁孩的舉動，正經八百的聽林春藤說了十幾分鐘成立社團的事，一開始我的回答都是：「我無所謂，不要太麻煩就好。」

經過林春藤一再鼓吹與保證，我才反問林春藤：「你確定嗎？你是說，你會負責社團的所有雜事？」

「當然，我連社團教室都找好了！」林春藤充滿驕傲的招手示意，要我跟著他進入防空洞裡。

沒想到荒廢已久的防空洞，現在竟然加裝了空調跟明亮的光源、整齊乾淨的嶄新桌椅，甚至還有電腦以及投影機！

有錢人家果然就是不一樣！

「社團活動的時候，我們可以在這裡看電影……」林春藤指著沙發跟投影機，沙發旁邊還有一臺小冰箱，裡面裝滿了可樂跟紅茶，天哪，這簡直是超級完美的祕密基地！

「可是，校長會同意我們在這裡進行社團活動嗎？」

「沒問題的啦，從那邊的圍牆翻過去，就是學校操場的升旗臺後面。」

「哇塞！這麼近啊？」這簡直是逃學的最佳去處！我差點沒說出口。

「可是……這裡是校外吧？真的能當作社團活動的地方嗎？」我壓抑內心的興奮，開始環顧這個不簡單的小地方。

林春藤用稀鬆平常口吻說：「反正我爸跟O長談過了，這塊地以後也會捐給學校，只是名義上，我家還是這塊地的主人，O長說，只要我們有固定聚會的地方就可以，在誰家裡都沒關係。」

「真的假的啊？」

「當然是真的，不然你以為『電競社』去哪裡社團活動？學校又沒有地方連線打game？還有『關懷服務社』，也不是在學校裡活動啊……」

「這麼說也有道理……可是，這地方以後真的都要捐給學校嗎？」

「當然。留著這麼多土地也沒有用，不是很可惜嗎？」

「那……我們要在這裡做什麼社團活動？」我還是一頭霧水，成立社團後究竟要做什麼。

「當然是……研究超能力呀！」林春藤眼神閃爍，看起來燃起了鬥志。

「研究什麼超能力？我根本沒有超能力啊！難不成……你有？」我想起開學第一天，他不斷打開、闔上鉛筆盒的模樣。

「說不定喔。不然這樣，我們來猜拳，如果我贏了，你就加入社團，如果我輸了，隨便你要不要加入都可以。」林春藤篤定的伸出手來，我開始覺得這是一場玩笑。

「好啊！猜就猜，反正我也無所謂。」

「剪刀、石頭、布！」

黃昏時分，當我走出嶄新的祕密基地，循著小徑來到林家老宅外，內心開始對成立新社團有一點點期待了。

03

「0.01秒的世界」

電競場上的冠軍跟落選，可能只差零點幾秒的反應時間而已。很多人再怎麼努力，就是無法達到那種境界……

社團招募新社員的首週。

我很擔心除了我跟林春藤之外，沒有人會來報名。

星期四下課後，我們在教室留到五點半，等不到半個要加入社團的人；我跟林春藤垂頭喪氣的翻過學校司令臺後面的圍牆，踏上通往祕密基地的捷徑。

正當我躲進防空洞裡，窩在沙發椅上消沉，準備拿出螢幕碎裂的手機，開啟遊戲的時候，一張熟悉的面孔出現在祕密基地門口。

「東東，果然是你！」一個熟悉的聲音傳來，這不是⋯⋯

「阿囧！你怎麼會在這裡？」我往門口看去，果然是我認識的陳紀永，綽號「阿囧」或「阿囧先生」。因為名叫陳紀永，一直叫他的名字「紀永、紀永、紀永⋯⋯」重複很多次之後，就會變成「阿囧」。

「嘿嘿，我聽說這裡是『超能研究社』的社團教室。我想來報名呀！那你怎麼會在這裡？」

「不要叫我『東東』啦！還有你為什麼也跑來讀馥桂啊？」我有點驚訝，阿囧是我國小同學，我還以為他會選擇到都市裡升學，畢竟他的「夢想」應該不在這裡。

原來阿囧也進了馥桂中學一年級，分發在另一班「星夜班」。

阿囧先生人如其名，長著一張很「囧」的吃驚臉，方頭大耳，從小就戴著粗框眼鏡，看起來有點宅，又像個情緒起伏很大的好學生。

阿囧雖然外表斯斯文文，但常常會有驚人之舉，比如上課上到一半突然站起來原地踏步，或是整堂課消失不見——據說是躲在廁所裡玩手機。

阿囧是鼎鼎有名的電玩達人，我指的可是以「電競選手」為未來職志，而且得到家裡支持的人，光這點就讓國小同學們羨慕不已。

別的小孩還沒有手機的時候，他已經在網路上擁有兩千名粉絲，還創立自己的遊戲直播頻道；別的小孩還在玩很遜的手遊時，他已經在挑戰國際級的正式電玩競賽。「別的小孩」當然也包括我在內，全都是羨慕他才華的人。

國小五年級時，他參加電競公司舉辦的比賽，獲得了兒童組的亞軍，阿囧上臺領獎時，他媽媽在臺下放聲大哭，被媒體拍下母子同框的照片，刊登在遊戲產業的新聞上，標題寫著：母親的眼淚，電玩小子出頭天。

很蠢的標題，不知道是誰寫的。

我們叫阿囧的媽媽「阿娟姨」，她總是輕聲細語的提醒阿囧，旁人都擔心她會寵壞小孩，幸好阿囧先生除了打電動之外，沒有如大家預言那樣變壞，功課也一直保持得很好，我真羨慕腦袋聰明、反應又快的人。

跟他相比，我的「手遊成癮症」不過是糟糕的惡習，沒辦法玩出個什麼名堂，只會浪費時間拖累課業。

阿娟姨家在鎮上開了一家火鍋店，湯底有麻辣、豚骨、昆布、酸白菜、番茄……多得數不清，配料也是多到爆，阿囧每天放學都得立刻衝回家幫忙，連制服都來不及換。

嶸樺鎮上的人都去過這間火鍋店，我說「鎮上的人」一點都不誇張，大家都喜歡阿娟姨熬煮的火鍋湯頭，這是她研發十多年所孕育出的心血。

跟一般火鍋店加高湯粉不一樣，阿娟姨的火鍋湯頭誠意十足，只要有味覺的人一喝，立刻就會上癮；沒有味覺的人喝了，起碼也會恢復八、九成的味覺。

阿囧先生當然知道美味湯頭的祕密，有一次我去他家吃火鍋，他驕傲的告訴我，阿娟姨從前一天晚上就開始熬湯，裡面的食材很簡單，新鮮的豬大骨、蔬果、蔥蒜薑椒，以及小魚乾、帶骨雞肉跟一點中藥材。

材料簡單，但是作法很複雜，有些食材不能放在湯裡一直熬煮，有些則是要先經過其他方式烹調，例如汆燙、蒸熟或油煎後，才能在某個時間點加入湯底，阿囧先生驕傲的說：

「整個過程就像程式設計一樣必須精準計算！」

阿娟姨聽到，在圍裙上擦擦手，靦腆的說：「沒有啦！青菜煮煮而已啦，沒有什麼祕密啦！」然後繼續在廚房忙進忙出。

常客都知道，阿娟姨做人謙虛，食材新鮮又用心，因此生意才會這麼好。但即使生意再好，她也沒有擴展店面的打算，阿娟姨總是說：「錢夠花就好，重要的是生活要快樂。」

阿囧常常跟我們炫耀，他的媽媽有多麼厲害！

除了熬湯之外，阿娟姨一早還要到市場採買食材，天還沒亮就得起床，有時為了要進新鮮的魚，還得大老遠開車到漁港的拍賣市場。在多且繁重的工作之外，還天天親自打理阿囧的早餐。

阿娟姨總覺得，早餐店的食物不適合發育期的孩子，因此儘量做白飯、味噌湯，以及青菜、煎魚，這類營養又美味的早餐給阿囧，還可以順便帶便當。

每天忙到三更半夜，早上還要起來採買食材跟做早餐一定很累。在阿囧念國小的時候，有一次，阿娟姨曾經生病住院，大概是我國小三年級的時候吧？小阿囧當時要往返醫院、學校跟火鍋店，這麼小的孩子要顧店根本不可能，所以學校老師們還發起「搶救美味火鍋店」活動，幫忙募集醫藥費、生活費等等。那時我叔叔也放下麵包店的工作，來阿囧家幫忙熬湯準備火鍋食材，雖然湯頭沒有阿娟姨煮的那麼道地，但大家還是繼續捧場，說起來小鎮雖然偏僻，這一點人情味還是有的。

阿囧先生也很爭氣，除了電玩方面在同齡中玩出無人能及的成績之外，國小時數學成績也是名列前茅，還參加過數理競賽跟ScratchJr的程式設計比賽，如果他要參加社團，「電玩競技社」或是「科學研究社」應該是最適合的……

「東東，我想加入超能研究社。」阿囧的話把我拉回現實。

「我可以問為什麼嗎？」我真的很好奇，一個電競選手，為什麼要跑來超能研究社。

「哈哈，其實是我跟那些高年級的不合啦！還有就是……你們班那個林什麼的，叫我過來看看……」阿囧一邊打量著防空洞、一邊爽快的說出不去電競社的原因，可是他為什麼會跑來這裡？又是怎麼知道「祕密基地」的呢？我們一同轉向林春藤。

「嗨！歡迎歡迎。你是『阿囧先生』對吧？『超能英雄聯盟』的網路論壇上常常有玩家提到你，所以我寫了一封信放在你桌上，還好你看得懂地圖。」

「提到我？為什麼？我已經很少玩那個遊戲了呀。」阿囧先生拿出林春藤手寫的信跟一張歪七扭八的地圖，幸好作為地標的大榕樹畫得有87分像。

「可能是你之前太強了，所以玩家都很崇拜你。」

阿囧一被誇獎就露出臭屁的表情，林春藤馬上發揮超會哈拉的本領：「傳言說你是馥桂的學生，我就在猜是不是跟我們同一屆……我還有訂閱你的直播頻道『阿囧先生』喔！」

聽到林春藤熟悉自己的豐功偉業，阿囧顯得有點飄飄然，接著他注意到防空洞裡寬敞又涼爽，還有一臺外殼透明、裝著水冷管風扇又帶有霓虹燈光的電腦主機！

「哇塞！你信裡說的就是這臺吧？最新的GX-8900機型，居然會藏在這樣的防空洞裡！」阿囧讚嘆著，逕自走進來坐在電腦前，點了點滑鼠、又敲了敲發光的鍵盤，眼睛骨碌碌轉了轉，發出讚嘆：「網速這麼快？顯示卡超ㄅㄧㄤˋ！水冷、超頻、記憶體跟SSD硬碟刷到滿！還有電競滑鼠跟機械鍵盤，我真的可以玩這臺電腦嗎？」

阿囧的眼神發出興奮的光芒，看起來宅氣逼人。

「可以啊！只要你加入社團……你可以順便教我們打電動嗎？」林春藤一副興致勃勃的樣子。

原來這就是林春藤邪惡的一面！

以物質誘惑、拉攏被排擠的「邊緣人」加入社團，這招實在太厲害了！

可是他誰不找，偏偏找了一個成精的電競高手來，還要他教我們打電動？這還得了！林春藤這個蠢蛋，他有沒有想過，在場有一個人功課吊車尾，手機被禁止上網，就是深怕他沉溺在遊戲或網路的世界中，功課更加無力回天。

「好啊，看你們是要玩射擊、戰略或是格鬥遊戲，反正我都可以啦！看你們啊！」阿囧一派輕鬆，螢幕上已經開始下載遊戲。

「太好了！就這麼說定了……我還有一個問題想問你……」林春藤似乎對阿囧先生感到非常好奇，「大家都說電競選手有某些過人之處……像是反應速度比一般人快0.01秒，或是第六感特別準確……你呢？你也擁有某種『超能力』對吧？」

林春藤看起來一臉認真。

「嘿嘿，不瞞你說……」阿囧先生露出不懷好意的笑容，「你剛剛說的，反應比別人快0.01秒，或是什麼第六感的，應該算是一種『天賦』。很多人都好奇，我是不是每天都在打電動，才會那麼厲害？其實我覺得，打電動這件事很講究『天賦』。」

「天賦？」我第一次聽到打電動還要講天賦，打電動不就是打電動嗎？

「從以前的任天堂紅白機，到現在人人一支手機，大家隨時都可以玩遊戲，可是就像彈鋼琴、打籃球或是游泳一樣，電競選手也需要某種天賦，才有辦法出人頭地，哈哈……」

阿囧先生看了一眼手錶，臉上驕傲的表情瞬間收斂，說：「不過，我並沒有那種天賦，而是靠一直努力學習遊戲中的各種規則，才會有一點點成績。其實我平常沒有太多時間打電動，放學回家也要幫忙火鍋店的生意，如果問我有沒有認識『超能力者』，那應該是我媽媽啦！」

林春藤露出不可思議的眼神，說：「真的嗎？你媽媽有超能力？是哪一種超能力？透視、念力、還是時間暫停？」

阿囧先生搔搔腦袋，一副「你會錯意了」的表情。「我不是這個意思啦！說我媽媽有『超能力』，那是因為她真的太強了。我是單親家庭，要照顧像我這麼皮的小孩就夠累了，還要準備火鍋店的事情，每天都要開店招呼客人，等到收拾完都已經深夜了，如果不是有『超能力』，真難想像她是怎麼熬過來的……

「我放學後要幫忙家裡，沒空打電動，如果社團時間可以讓我『練功』，我會很感激啦！」

「所以你不是靠著『天才』才打進世界大賽嗎？」林春藤的表情更加驚訝了。

「不是『天才』，是『天賦』才對。『天才』根本不需要努力，比較接近你所說的『超能力』啦！我不是天才，甚至連『天賦』都算不上，我只是非常喜歡電玩，喜歡到不用吃飯睡覺，可以一直玩下去……」面對在外國長大，中文邏輯不太通的林春藤，阿囧很有耐心的解釋。

「我也可以一直玩電動啊，怎麼就不能成為電競選手？」國小五、六年級是我最慘澹的的回憶，那時候我真的太沉迷手遊了……

阿囧看看我，就像對一個不成材的笨蛋說教一樣，「應該說……除了一直玩之外，還要『理解』電動的世界規則，像是FPS（第一人稱）射擊遊戲，我會知道電腦模擬出來的視角是怎樣移動，敵人可能躲藏的位置又是在哪。」

「對啊，那種遊戲我超容易頭暈的……」沒想到林春藤也會玩遊戲。

「還有，有一些要靠打怪晉級的遊戲，其實遊戲中都有一些規則可循，需要升級裝備或是提升等級，只要用數學公式算一下就會知道哪一類的角色優勢在哪，很快上手……這些我比較在行啦！」

「那……那種一群人一起組隊晉級的比賽呢？」

「這就要靠團隊合作了，那是我最弱的項目……我……我不太擅長跟別人一起組隊。」

「為什麼？」

「因為我沒有時間跟大家一起『團練』啊！另外，我也比較喜歡一個人玩的遊戲，這樣會比較盡興一點。」

「所以除了『天賦』之外，還是要很多時間練習，對吧？」我想，這就像讀書一樣，有些人讀得比較快，有些人要多讀很多遍才理解（就像我），可是總歸一句，還是要花時間來讀。

「差不多是這個意思啦，不過電動打太久，還是很容易近視、眼花，如果這世界上真的有『超能力』的話，希望我的反應速度再快0.01秒，這樣我就不用那麼辛苦啦！」

「只差0.01秒有差嗎？」我有點不敢置信。

「當然啊！電競場上的冠軍跟落選，可能只差零點幾秒的反應時間而已。很多人再怎麼努力，就是無法達到那種境界，像我上次拿到了第三名，可是這樣還不夠理想啊！如果我早點拿到世界冠軍，就可以專心做遊戲直播，有廣告收入，這樣就有多一點時間幫忙火鍋店，又可以追求自己的夢想，這是我最大的願望啦！」

只差0.01秒。

世界冠軍或是輸了什麼都沒有。

我想起網友們傳頌的一段經典電玩格鬥影片，激戰的雙方在其中一個人血量幾乎耗盡時，在千鈞一髮之際使出了完美的連續技，輸入了正確的方向鍵與指令鈕，每一個點擊都用不到零點一秒的時間，就這樣逆轉致勝，成為了世界冠軍。

為了這樣的熱血時刻，許多人對於遊戲的世界樂此不疲。

若能獲得比別人快一點的反應能力，幾乎就是電玩世界的超能力啊！

阿囧先生就這樣加入了超能研究社。

雖然我聽得一頭霧水，但林春藤卻好像非常理解似的，不斷點頭。抱持著「擁有超能力就能輕鬆一點」的人應該不少吧？國中生沒有什麼大志，成績過得去、上學不要遲到、不被同學討厭就已經很幸福了，沒想到阿囧也是會仔細考慮將來的人。

我爸一定想不到，現在國中生面對的道路這麼複雜吧？

如果他真的知道世界上有人靠著玩遊戲玩出未來的人生，會不會後悔在我成績退步的時候，憤怒的把我的手機砸在牆上，螢幕摔成蜘蛛網呢？

04

白嘉羚

她脖子上的項鍊，墜子部分是帶有白色條紋的臺灣長鬃山羊斷角，搭配原住民圖騰的琉璃珠，既野性又獨特……

開始招募「超能研究社」的新成員後，除了我之外，只來了一個阿囧先生，由於社員實在太少，可能會面臨解散的危機。

學校規定新成立的社團，包含幹部在內人數不得少於五人。除了林春藤和我以外，再加上阿囧先生，至少要再招到兩位新社員。

期限就在開放選填社團後的一個月內，如果招不到人的話，別說在社團時間打電動了，總成績加分也跟著泡湯，所以連我也開始著急。

都怪林春藤，弄什麼社團，還硬拉我加入，害我懷著期末加分這種不切實際的期待，更無心用功讀書了。

就在阿囧加入過後隔兩天，意想不到的新社團成員出現了。

二年級的白嘉羚學姐，下課時間來到一年級拾穗班教室門口，說要找林春藤。林春藤在男同學的鼓譟中走出教室，臉上的笑容泰然自若，絲毫沒有國中男生面對異性的扭捏。

學姐酷酷的說：「你是超能研究社的社長，沒錯吧？」

在男同學鬼叫歡呼聲中，林春藤露出陽光男孩的爽朗笑容，元氣十足的回答：「是的！請問學姐有什麼事嗎？」

「我想加入『超能研究社』。」

真的假的？我以為我聽錯了。

白嘉羚又再說一次：「我想加入『超能研究社』。」

不過，我想事情沒有那麼簡單，是「白嘉羚」耶！二年級的傳奇人物，不，她應該是全校最有名的人之一。

就算不認識這號人物，也不可能沒聽過關於她的傳言。

林春藤一派輕鬆的站在她的面前。

「有點事情我想先問清楚，關於你們的社團……」白嘉羚冷酷的說。她頭上罩著巨大的耳罩式耳機，但外界的聲音似乎聽得一清二楚。

「請問學姐，是什麼事呢？」林春藤毫不畏懼白嘉羚冷冽的眼神，臉上依舊堆滿笑容。

「不用叫我學姐……」白嘉羚臉色嚴厲，「聽說，你們有個神祕據點？」她的眼神凌厲，臉上陰鬱又充滿敵意的表情，好像是來拷問敵人似的，不像是要興高采烈參加社團活動啊！

「有的，翻過司令臺後面的矮牆，就在林家老宅裡的防空洞，上面有棵很大的榕樹，一眼就能認出來。」林春藤繼續用開朗的太陽光波驅走陣陣寒意，「我們社團活動都會在那裡喔！歡迎學姐來玩。」

「放學我去那裡找你。」白嘉羚說完，不知為何意味深長的看了愣在旁邊的我一眼，那冷冽的目光瞬間讓我打了個寒顫。

上課鐘響，她率性十足轉頭就走。

白嘉羚是馥桂中學的傳奇人物，我沒有開玩笑，像我這樣平庸的男生一看到她，鐵定臉紅語塞說不出話，她擁有一種特殊的氣場，讓人對她的神祕感到好奇，不只男生，就連女同學也圈粉無數。

關於她的傳聞超級多，一個比一個驚悚。

她總是留著酷酷的短髮造型，臉上沒有表情，眼神隨時可以讓空氣結冰。

雖然她從來不笑，卻不會讓人反感。因為她長得清麗脫俗，卻刻意壓抑至自己的光芒，反而讓人覺得她性格內斂又很有自制力。

她的打扮也很有個性，拒絕穿裙子，脖子上掛著一條項鍊，直率冷酷的風格，拒人於千里之外。

沒有人跟她說超過兩句話。

升上國中沒多久，許多女生便特地跑到她的班級外偷看，就連高年級的學姐也想認識她。

國中一年級的情人節，她收到十幾盒巧克力，男生女生各一半。

國中二年級的情人節，巧克力數量加倍，幾乎都是女孩子送的。

可是她是超級絕緣體，比我、阿囧都還要邊緣的邊緣人。

白嘉羚刻意迴避人際關係，總是獨來獨往。聽說她幾乎不跟人聊天，就連同班同學也跟她很不熟。這是有原因的，因為除了上課時間以外，她幾乎隨時隨地都戴著耳機，各式各樣的耳機。

心情好的時候，白嘉羚會戴上像是甜甜圈一樣耳罩式大耳機；有點陰鬱的時候她會戴著有線的入耳式動圈耳機；有時候你以為她沒有戴耳機，她還是在耳朵裡塞著藍芽無線耳機。不管上課下課，她總是戴著耳機，有時她似乎沒有在聽音樂，只是透過耳機阻隔跟別人交談的機會。

有人「傳說」她是「變性人」，因為她第一學期開學後沒多久，便請了一個長假，就是跑去動手術，等到接近期末時才回來。她回到學校時，頭髮變得更短，臉上多了幾分剛毅的氣息。有人「聽說」她要申請「在家自學」但沒有成功，因為這段期間沒有人知道她跑去哪裡，連老師要訪談她與家人都困難重重。

還有人「傳聞」她是「蕾絲邊」，她升上二年級後，幾乎所有一年級女生都成為偷偷仰慕她的「粉絲」，她的「帥氣」連男生都很難望其項背，甚至還有高年級的學姐跑來班上，只為了遠遠看一下她冷酷的眼神。

還有人說她其實進了監獄，被當作男生關了起來，手臂上有刺青之類的。

學校就是這樣，會有許多繪聲繪影的惡意流言，把一個人搞得神祕兮兮。

這些傳言當中，可能只有老師親口說的比較正向，而且有可信度。教我們英語的外籍老師麥克，有次上到和戶外露營有關的英文會話，突然聊起白嘉羚的爸爸是國際知名的登山家，把大家都嚇了一跳。

白嘉羚嗎？二年級那位酷酷學姐嗎？

是啊！麥克老師很確定，就連遠在加拿大的登山愛好者，都聽聞過「白朗峰」先生的大名，對，他的名字就和阿爾卑斯山的最高峰白朗峰一樣，那是他第一座不帶氧氣瓶征服的高峰，登山界總愛傳頌他征服世界名山那些可歌可泣的傳奇事蹟。

也許是爸爸的真傳，「據說」白嘉羚國小五年級前，就已經隨著他征服百岳，在山林裡如魚得水。

她脖子上的項鍊，墜子部分是帶有白色條紋的臺灣長鬃山羊斷角，搭配原住民圖騰的琉璃珠，既野性又獨特，是熱愛登山的爸爸縱情山林，撿到換角後的鹿角，親手打磨、鑽孔、以編織皮繩串成，留給白嘉羚唯一的紀念物。

白朗峰熱愛登山，足跡遍及四大洲，最後踏上南美洲征服安地斯山脈時，夜半營地裡遇上雪崩，驟然失去了性命，至今尚未尋獲遺體。

那是白嘉羚國小五年級時發生的事。

從小到大，我爸一直緊迫盯人，每逢考後成績公布必定打好打滿，像個拳擊手元氣十足的繞著逐漸長大的我出拳，越繞越大圈。

雖然有時候我會在心裡想：你怎麼不去給別人揍揍看？

或是：你的手機被丟出窗外摔成蜘蛛網看看啊？

或是：你走出巷口時，被撿回收的老爺爺騎三輪車輾過腳趾好了！

但想歸想，我其實很怕爸爸有天不在我們身邊，像是白嘉羚的爸爸客死異鄉，不知埋骨何處的遭遇，我光想就覺得自己可以感受到那樣深刻的傷痛。

悲傷的過往使白嘉羚看起來更加獨特，老師們不忍苛責她孤僻獨立的作風，女同學們則是崇拜她崇拜得要死。這樣一號超級神祕人物，放學後居然真的依約前來「超能研究社」的社團教室門口！

然後，更驚人的祕密是，她手牽著另一位一年級生一起進來。我看到時，像是被炸彈轟炸過一樣，腦袋一片空白！

白嘉羚的手牽著一位一年級的女同學，那是全校我最熟悉的人，我妹妹，黃雨葳。

白嘉羚居然和我妹妹在交往！

05

我妹妹

終於找到自己喜歡的人、喜歡的事，就像高山雲霧縹緲的森林，照進枝葉縫隙裡的一道澄澈的陽光，讓隱身與落葉枯枝為伴的我，也找到一絲絲被同理的溫暖。

可能受到林春藤的影響，我開始懷疑世界上是否真的有超能力者，而且也對身邊的人疑神疑鬼。

我一直懷疑妹妹也有超能力。

因為她神出鬼沒、不按牌理出牌、吵架永遠有辦法逼我先道歉。

我妹妹名叫黃雨蕨，我們是異卵雙胞胎，也就是俗稱的龍鳳胎，妹妹只晚我一分三十六秒出生。

妹妹從小就非常黏我，因為我跟她之間有種類似「心電感應」的溝通方式，在我們五歲以前，我是家裡唯一能為她「代言」的人。

她是個聰明又懂事的女孩，但上天給她開了一個不好玩的玩笑，在她出生後沒多久，右耳就被篩檢出耳膜缺損，爸爸媽媽帶著我們往返醫院無數次，想盡一切辦法挽救妹妹逐漸喪失的聽力。因為擔心我也有同樣的狀況，所以讓我一起接受檢查。

不過我聽力一切正常，甚至六個月就會開口叫「把拔」，一歲多就能夠和用簡單的詞句和外界溝通。但是妹妹呢？一直到三歲還沒有開口說過半句話，單側聽損的情況越來越惡化，最後還是只能選擇助聽器。

但「戴助聽器」是爸爸媽媽的選擇，不是小蕨的。

從她上幼稚園第二天開始，就再也不願意戴上助聽器。

後來，幼稚園也不去了。

從小我就能從小蕨「嗯嗯啊啊」的語意與手勢秒懂她的意思，我們用自己發展出的一套手語來溝通，也許是雙胞胎的默契吧？連爸媽都嘖嘖稱奇。

媽媽說，那時我們兩個都還很小，但每當妹妹發出「嗯嗯」的音，我就會大叫「妹妹尿尿了」。

我自己還要包著尿布過夜，卻會提醒大人幫妹妹換尿布。

她也會發出「嗚啊」的聲音，代表「好奇，想玩」。「奇奇」的意思是肚子餓，「肚肚」代表不舒服或想上廁所。「ㄟ」跟「ㄣ」代表「這個、那個、我要、我不要、拿來、拿開、哥哥、爸爸、媽媽……」等多重意義。

直到六歲前，妹妹都用這些簡單的音節跟家人互動，如果想要表達複雜的意思，她會用手勢比給我看，再由我向大家翻譯。

上小學後，她終於開口講話了。因為當時我們找到了「聽語之家」這個機構，幫小蕨做了諮商和語言訓練，同時也學了有系統的正統手語打法，漸漸的，她願意開口講話了，發音很快就矯正到幾乎與一般同年齡的孩子一樣，只有幾個聲母還是發不好。儘管如此，爸爸媽媽已經像是見到了神蹟，只要她開口說些簡單的單詞，媽媽就感動落淚。

我記得那時候，我已學會字卡上所有語詞的發音，可以自己讀有注音的兒童故事書，不過爸爸媽媽完全沒有注意到這件事。

當然，也沒有人誇獎過我「寫字總是班上第一快」。

不過，那也無所謂啦。

我是上了小學之後，才知道自己在認字跟寫字上的速度比同學超前許多。

小蕨剛開口說話的那個星期，我爸媽像是要補足前六年沒有對話的空白一樣，拚命對她說話，所以她又躲回自己封閉的殼裡，戴上耳機不再說話，她用手勢告訴我：**「說話．害怕……不想．說話。」**

小蕨的意思是：我還是好害怕跟人開口說話，有沒有不用開口就可以與人溝通的方式？

「手語？」於是，小蕨把她在聽語之家學到的正統手語回過頭來教我。

對我而言，手語還算簡單，因為我們幾年來都是這樣比手畫腳溝通，所以正統的手語很容易理解。

國小一到四年級，我都跟妹妹同一個班級，上課時比較沒問題，老師也都能夠體諒。可是等到五、六年級時，我跟她不再分到同一個班級，學校裡也沒有特別為了聽障生而設立的特教班或廣播系統。

同班同學之間的互動很熱烈，只用手語跟簡單的口語交談的妹妹，在學校又成了受排擠的異類。

「害怕跟同學聊天，很尷尬。」妹妹不照手語文法打出又急又快的手勢，我勉強看得懂。

我知道妹妹的意思，她很害怕跟人相處，很害怕聊到尷尬癌，有時跟人聊到沒有話題，又擔心對方覺得自己膚淺，被同學討厭。

「有不用開口，就可以溝通的方法嗎？」同年齡的雙胞胎妹妹，長得就像縮小版的媽媽，差別在於長長的頭髮不喜歡綁起來，總是垂下蓋住半邊眼睛，也遮住右耳的助聽器。她對著我淚汪汪的打出這句手語時，我差一點就哭了。

我跟媽媽說，妹妹需要一支手機，這樣她才能不開口就跟別人溝通，也不用害怕聽不清楚別人說話，比較不會尷尬。

媽媽立刻買了手機給妹妹，同時為了表示一視同仁，我也有手機了，就在國小五年級的時候。

我那時沒有表現出自己的狂喜，因為我超想要一支手機，可以玩遍網路上所有熱門的手遊，跟班上其他男生一樣。

媽媽買手機給我們時，我還答應她會好好教妹妹弄懂障礙輔助的功能，其實心裡只想趕快下載遊戲，說真的有點慚愧。

在擁有手機之前，我成績平平，常常被告誡不准多花時間在網路或玩遊戲上。結果一拿到手機，果然就如同大人們所預言的一樣，手遊如同毒蛇猛獸般將我的成績拖到了谷底，狠狠的踩踏、撕咬著。

月考成績公布時，各科成績吊車尾。

我的手機被爸爸從二樓窗戶丟出去，墜落在柏油路上。

我含淚把它撿回來，功能還正常，只是外殼多了難以忽視的擦傷，螢幕碎裂成蜘蛛網。

「黃東祐，買手機給你，是要你好好照顧妹妹，不是讓你這樣擺爛的！」

爸爸的吼聲一直在我腦袋裡迴盪不止，差點連我的耳膜也破損了。

就算真的耳膜破了，我可能也覺得無所謂吧？

比起從小受到萬分關愛的妹妹，我這個哥哥真的很不爭氣。成績差就算了，也沒有任何特殊之處。妹妹雖然聽損，但成績一直保持得不錯，媽媽把全部的心力投注在她身上，定期帶她到「聽語之家」上課，接受語言治療。

妹妹的左耳聽力比較正常，因為她喜歡樂器，媽媽就帶她上小提琴課。當時媽媽很歉疚的對我說：「哥哥你真的不想一起學嗎？」我前一晚聽到媽媽跟爸爸討論到學費問題，於是自己放棄一起上小提琴課的提議。

我們家只能負擔一個孩子上音樂課。

無所謂啦，反正我只要有手機就可以了。

妹妹有了手機之後，她的溝通障礙打通了！

首先是成績進步，因為她不再排斥上學了。

有了共通的話題，她開始跟班上幾位同學變得比較要好，透過通訊軟體，她可以很快的打字、清楚的溝通，快樂的聊天，手機變成她不可或缺的一部分。

看到白嘉羚與妹妹手牽手走進祕密基地，我突然想起幾天前的一件事。

她在LINE裡面發了一則訊息給我：

「哥，你是不是在籌組一個社團？」

「對啊，怎麼了嗎？」

「我也想加入你們的社團，可以嗎？」

「咦，你怎麼會有興趣？」那是個很不妙的社團耶，我心想，但沒有說出來。

「你別管那麼多了，給我報名表格……」

有時候我妹妹執拗起來是很驚人的，她可以不顧我爸低聲下氣、我媽軟硬兼施，堅持不去上學、不去語言治療，直到她自己願意。

「我這裡沒有報名表，明天到學校再拿給你。」

「不用了，我知道你們的祕密基地，過兩天放學我直接去找你。」我一點都不意外她能夠打聽到我們的祕密基地，事實上她班上有一個大嘴巴阿囧先生，四處宣傳林春藤的高科技祕密基地有多酷炫。

「你有跟媽媽說要加入社團嗎？」

「有啊！我說跟哥哥同一個社團，她就沒說什麼了。」

「那你知道這是什麼社團嗎？」

「嗯……不太清楚耶？是什麼社團？」

其實在這個時候，小蕨與白嘉羚老早就約好了，要一起加入同一個社團，什麼社團對她們來說無關緊要，只要兩個人可以多一點時間相處就好了，至於為什麼要加入「超能研究社」這我就不懂了……

和小蕨聊過後，我拿出螢幕碎裂成蜘蛛網的手機，打開很久沒開的電源，登出ＩＧ帳號，再輸入另一組帳號密碼，登入。

這是我用來書寫一些不想讓熟人看到的文字的帳號。

上頭的內容都是一些還在練習的同人誌，拿電動或動漫中的角色編寫新的故事情節，我不好意思跟別人討論，但好像有些同好會來讀我的文章。

「分身」——其實就是家人不知道的帳號啦。

大家都會有的，不然當學生的壓力要怎麼抒發？

被罵了、考試考砸、暗戀誰、和同學吵架，把遇到的這些鳥事統統發洩出來，裝作沒事繼續過日子。

偶然機會下，我發現妹妹也有「分身」，不過她專門寫一些細膩的心情。

於是我的「分身」去追蹤了她的「分身」。

沒辦法，我就是擔心這個妹妹，但不想表現出來。

那天聊完社團的事，妹妹在她的ＩＧ上傳一張照片，是一隻白色絨毛熊，底下寫了一段文字：

終於有一件值得期待的好事♥

幾天後的放學時分，白嘉羚與妹妹手牽手走進祕密基地。兩個人坐在防空洞裡的桌椅前面，像是辦結婚登記一樣，寫好了入社申請書。

我淚眼模糊的看著兩人，此刻一定沒有人知道我內心劇烈的情緒起伏，如果我妹妹真的跟白嘉羚結婚，我一定會祝福她們！但我打死也不能承認，我跟學校裡大多數的男生一樣，好像偷偷喜歡過白嘉羚，就算只是三分鐘不到的熱度。

極度短命的單戀，這就是國中生活。

這下子社團人數終於湊齊了，我竟也有鬆了一口氣的感覺。

不過，依照O長的條件，只要下星期沒有交出「營運計畫書」，社團依舊沒辦法經營下去。

林春藤開了一個超級空洞的社團成立大會，他清了清喉嚨，試圖嚴肅但正經不起來，向我們宣讀了幾件事。阿囧先生很主動的拿出手機在旁邊拍照，說要做成正式紀錄。

成立大會的宣讀事項，其中之一就是要確定營運計畫書要由誰來寫。結論是，沒人想寫。

林春藤還在等大家發言、阿囧裝忙不斷拍照、小蕨低頭滑手機、白嘉羚戴著耳機一副事不關己，大家眼神轉向我這邊。

遇到這種麻煩事，就會顯露出本性——裝死、裝忙、暫時性耳聾。

等等，這種事情該不會要丟給我吧？

這時候，五人之中耳朵最不靈光的雨蕨，突然舉起手機，引起大家注意。

「叮咚」，我們拿起各自的手機，在剛成立的社團群組裡，小蕨上傳了一份文件。

檔案名稱是：馥桂高級中學國中部第一屆「超自然現象暨物理探討研究社」成立計畫書。

當我下載好文件，目瞪口呆的看著幾十頁詳細又工整的計畫書時，林春藤已經在群組裡用盡所有誇張的表情貼圖大大的讚美了妹妹一番！

明明大家都在同一個防空洞裡開會，結果卻用LINE群組對話，是怎樣？

春藤：「太厲害了！蕨妹這文件是你做的嗎？歡呼！萬歲！」

雨蕨：「沒什麼……」

雖然我妹把臉別開，不讓別人看到她臉紅的表情，但我怎麼覺得她有點得意？

春藤：「（歡呼）太強了！我要哭了！你是社團的救星！」

雨蕨：「真的沒什麼……」

妹妹雖然把頭轉開，但其實是轉向白嘉羚那邊，兩人之間又有電波交流。

春藤：「**@東東** 你怎麼沒說過蕨妹這麼強？社團以後的文書就靠她了！」

東祐：「**@春藤**　蠢藤請你不要叫我東東，我也不知道我妹怎麼會有計畫書。」

雨葳：「這真的沒什麼啦……」

妹妹在螢幕那頭謙遜著，但從立即回應的速度看來，她還滿得意的。

雨葳：「我以前就在『聽語之家』當義工，裡面的哥哥姐姐常常請我幫忙寫計畫書。」

東祐：「為什麼要請你寫計畫書？」

我知道妹妹從小因為聽力受損，本來很自卑，又封閉自己，直到在聽語之家的老師們幫助下才漸漸建立自信心，現在也常回去找老師、做義工，但我不知道她竟然會寫計畫書。

雨葳：「因為裡面的志工哥哥、姐姐很多聽障程度都比我嚴重，對於計畫書或公文的字義理解起來很費力，所以我會去幫他們搞清楚那些計畫、補助或是公文的意義，再儘量用手語或文字解釋給他們聽。後來也會幫他們打字（打字對聽障者也很困難的），所以……我覺得寫計畫書很簡單啊，你們竟然不會寫。」

我從沒想過，竟然有一天會在防空洞裡，被自己的妹妹嗆爆。

那天晚上，妹妹的隱形分身寫著：

終於找到自己喜歡的人、喜歡的事，就像高山雲霧縹緲的森林，照進枝葉縫隙裡的一道澄澈的陽光，讓隱身與落葉枯枝為伴的我，也找到一絲絲被同理的溫暖。

照片是不知道什麼時候拍的，從祕密基地門口抬頭往上，穿透榕樹、樟樹、芒果樹的樹冠層，點點斑斕的燦爛陽光被篩落在地上，不知道什麼時候爬到防空洞上面的白嘉羚，背對著鏡頭坐在那兒，那畫面有一種說不出來的孤獨與美，連我都忍不住按個愛心。

06 叫我麥可就好

我恨不得世界上真的有超人，像電影中的超級英雄那樣，能夠在戰禍發生時翩然降臨，折彎坦克砲管、大手一揮壓倒拿著步槍的士兵，為弱者伸張正義，懲罰邪惡……

二〇二〇年九月十三日　課堂筆記：

麥可老師的第一堂課。

我不喜歡學生太拘謹，大家像朋友一樣多好，所以叫我「麥可」就好，不用特意叫我老師也沒關係。

我來自加拿大，一個景色優美的國家，跟這裡比較起來有一點點冷。

在家鄉，我們很習慣冬季長達五個多月的降雪，那會把大地與人們的城鎮鋪上一層又一層的雪白，就像你們會在耶誕節，用白色的棉花與噴漆來布置教室一樣，那景象總是讓我想起家鄉。

來到馥桂中學之前，我已經旅行過七個國家，學習不同語言，交了不少朋友，也做過很多種工作，但教美語喔，是第一次。

來到這裡，讓我覺得想要住下來，不想再離開了。因為這裡的食物真的很好吃！大家不要笑，你們生活在一個美食國度呀！

真正想讓我停下腳步的原因，是因為我曾經在非洲遇上一個旅行的夥伴，對我說的一段話，讓我思考很久。她叫「茱蒂」，是一個美國人，在世界各地旅行，也擔任各種類型的志工，她靠著打工維持生活和賺取旅行的資金，完全憑自己的力量，十二年間走訪將近二十個國家。

她告訴我，一開始踏上旅途時，她只是一個單純的背包客，為了豐富見聞拜訪世界各地，隨著旅行的國家越多，她漸漸遠離了觀光勝地，進入一些因為戰亂、天災或生存條件艱困的地區，眼見饑荒、難民和衝突紛亂，她越走越心虛，家人朋友也不斷勸她回美國，可是她卻毅然留下來，在非洲尚比亞加入聯合國服務隊，協助改善醫療與當地兒童的教育水平，一停留就是三年。

好不容易努力建立起簡陋的教室，也和幾個孩童建立起師生情誼了，某天卻接到來自軍方的通知：當地預計兩週內會爆發衝突事件，聯合國服務隊必須撤離到五十公里外的城市。

等到兩個星期後回去，教室已經被夷為平地，而孩子呢？沒有一個回來上學。

茱蒂哭腫了雙眼，她跟我說的一段話，改變了我的想法：

「我恨不得世界上真的有超人，像電影中的超級英雄那樣，能夠在戰禍發生時翩然降臨，折彎坦克砲管、大手一揮颳倒拿著步槍的士兵，為弱者伸張正義，懲罰邪惡，但我卻什麼也做不到。」

當我聽她提起「超人」這個詞的時候，內心彷彿被觸動了一下。

小時候我最喜歡一位演員，是飾演超人的「克里斯多福．李維」，他是一位美國明星，有如雕像一樣英俊的五官，壯碩健美的身材，英姿煥發的氣質，非常適合飾演正義之士。

「超人」是我們那個世代的偶像。

大家都知道超人吧？紅色披風、藍色緊身衣，紅色內褲，哈哈！

還有胸前鑽石型的「S」字母紋章。

他來自外星，在母星毀滅的前一刻，乘著晶體結構的飛行器來到地球，被一對善良的夫婦收養。他身懷多種超能力，不但擁有怪力，還能飛天遨遊，眼睛能透視，甚至發出雷射，簡直太神奇了！

李維把「超人」扮演得太精采，帥氣的形象深植在影迷們的心中，可是我欣賞他的原因，不是因為他演活了「超人」，而是因為現實生活中，他也是個「超人」。

在演藝事業登上高峰時，李維一次騎馬不小心從馬背上摔下來，傷及脊椎以致於全身癱瘓，全身只剩一隻腳趾能動，巨大的打擊讓他一蹶不振，甚至起了輕生的念頭，但在家人與影迷的鼓勵之下，「超人」李維重新振作，努力復健，恢復到能夠接演新電影的程度，然而，身體上的損傷，終究還是讓他不到五十二歲便從人生舞臺謝幕。

他讓人們相信「超人」的存在，相信「人是可以飛翔」的，不管在螢光幕前或螢光幕後，他都努力活出自我，是真正的超人。

茱蒂的話提醒了我，每個人都有機會成為一個超人，或是想辦法為這個世界多做一點事。

所以我才決定成為一個老師。

大家喜歡「超人」李維的故事嗎？

很好，我好喜歡同學們聽到故事時，每一雙發亮的眼睛。你們知道這些關於李維的報導，網路上其實都可以找到，對吧？

我要給你們一個任務，可以把它當作一份功課、一份期中報告。

請找三、四位同學為一組，然後討論出一位你們喜歡的電視、電影演員或歌星，上網找到這位明星的報導，報導中必須能呈現他奮鬥、努力或克服困難的故事，並寫成一篇三百字左右的英文簡介。這份功課，就當作期中報告……好嗎？

這樣總比考試還要有趣一點吧？

你們該不會希望考試吧？

哈……不是就好，那我們就這樣說定了喔？

正當我抄得正起勁，下課鐘卻響了，林春藤突然湊過來，好奇的問：「東東，你在寫什麼？」

「我在寫上課筆記啦！」不要叫我東東。我在心裡反駁。

「哇！你的上課筆記是老師所有講過的話耶！」林春藤好像發現了什麼藏寶圖似的，把我的筆記紙一把抓過去，在半空中揮舞著。

「你簡直是一字不漏的把老師的話都抄下來了耶！你怎麼記得住？手不痛嗎？」他說著就把我的右手手掌打開，翻來覆去猛瞧。

他這麼一嚷嚷，我座位附近的同學幾乎都跑過來湊熱鬧，你一言我一語……

「黃東祐的字好醜！」

「一張紙寫滿滿耶……」

「筆記不是這樣啦！根本就沒有重點嘛……」

「寫字速度好快，你手不會痠嗎？」

哼，一群酸民，對於寫字速度，我還有點自信。

只有林春藤，他觀察的點果然跟別人不太一樣。

「東東，你果然有超能力對吧？居然能跟上老師說話的速度，還把他所講的統統都抄寫下來，也太強了吧？」

「這哪有什麼？我只是聽到就寫下來而已啊……」我真的覺得沒什麼，從小到大我都是這樣做的，原來別人不會嗎？

「很少有人把老師的話統統都記下來吧？」

「對啊！只要記重點就好了，不是嗎？」

「老師說，上課筆記要整理得清楚、有條理，最好用條列式的，黃東祐這樣不OK啦！」

我又不是抄給同學看的，怎麼一群人對著我上課隨手抄寫的筆記這樣品頭論足個沒完沒了啊！「夠了喔！筆記還我啦！」

林春藤很認真的表情又出現了。「東東，我是說真的，這個才能非常了不起，我就無法寫字寫這麼快呀！」

「因為你以前住在國外吧？」

「不是喔！即使是英語，我也沒有辦法像你這樣鉅細靡遺的把老師講過的話記錄下來，這是一種了不起的超能力呢！」

「又來了！這才不是什麼超能力咧，我只是……我只是……只會抄筆記有什麼用？每次考試我還不是都吊車尾。」

說真的，我對於功課這麼差的自己感到惱怒，上課筆記沒有任何重點，只會全盤將老師講的話記下來，根本一點用也沒有。

「對了，不如找麥可老師來當我們的指導老師好了，你覺得怎麼樣？」林春藤可能是打算死馬當活馬醫，竟然想找外籍老師當社團老師。

「不行啦，老師應該會拒絕吧？又不是英語話劇社……你怎麼會想要找他啊？」

「你不覺得，老師剛剛講的『超人』演員的事蹟很感人嗎？我很喜歡老師除了考試之外，讓我們自己做報告，以前我在美國，也都是用報告來取代大部分的考試，每個人都能在自己喜歡的科目大展身手，不會只是用一份相同的考卷來決定所有人的成績……」

「那……既然你是『社長』，就由你負責去說服麥克老師吧。」我心裡只想著，林春藤承諾過他會負責所有社團事務，我只要等著期末加分就好，多一事不如少一事。

「如果要找麥克老師當指導老師，那我跟你一起去。」不知何時從隔壁班溜過來，一直在旁邊默默聽著沒有插嘴的阿囧先生，竟然主動開口要幫忙：「麥克老師也給我們班相同的題目，那時候我就覺得，可以找他來當我們的指導老師，一定很酷！」

「為……為什麼連你也？我還以為『超能研究社』應該找物理老師，像是『牛頓老師』之類的擔任顧問才對吧？」

阿囧先生搖搖頭，「我問過了，還因此跟他吵了一架，劉淳律是『物理研究社』的指導老師，他要我放棄『超能研究社』參加『物理研究社』，才能在下學期組隊參加科展，不過我沒興趣，他就反過來罵我沒出息，還說我們這個『超能研究社』一定撐不過這學期……」

「啥鬼啊？沒想到那個牛頓老師這麼討厭我們喔？」我是真心感到意外，那個中規中矩、正經八百、留著一頭捲髮的牛頓老師，竟然對「超能力」如此嗤之以鼻。

「沒辦法啊……人家是信奉科學的，他說什麼超能力都是一些懂得物理化學知識的神棍，用來欺世謀財的手法。還有，他要去找O長，要讓我們廢社，玩不下去。」阿囧說完，有點洩氣般準備回自己教室上課。

我也覺得像是被打了一記耳光一樣，有點頭暈有點丟臉。林春藤成立這個沒有人了解也沒有幾隻小貓的社團，竟被自己學校的老師瞧不起，連指導老師都找不到，真慘啊！

林春藤在下一節課的國文老師剛走進教室時，轉過頭來正經八百的對我說。

「既然如此，那我們更應該存在啊！」

「什麼？」

「既然會有人打著『超能力』當作幌子來騙人，那我們更應該去拆穿騙局，教大家不要受騙的方法啊！」林春藤又開始轉動他的熱血渦輪，嗡嗡作響。

「這樣也可以當作社團成果，對吧？」

林春藤沒有等我回應就自己接下去，「嗯，沒錯！下一節下課後，我們就去找麥克老師！」

07

萬事煩惱的夏夜

老師、父母或朋友都不知道，連國中生自己都不太曉得「煩惱」到底是什麼樣的東西。

國中生充滿煩惱，煩惱像每天呼吸的空氣，像被盛裝在隨身瓶裡的水。

我煩惱成績太差，頭腦不夠好，上課抓不到重點。

煩惱不知道交「朋友」要幹麼。

煩惱時間不夠用，不夠念書、也不夠玩手遊，要是能夠**時間暫停**該有多好。

妹妹煩惱外界的眼光，煩惱那些她聽不見卻仍然芒刺在背的耳語，煩惱要不要戴助聽器，要不要跟白嘉羚去聽喜愛樂團的演唱會……可是演唱會那麼多人，她多想學會**隱形**，可以偷偷躲在人群裡，近距離看著心愛的偶像。

白嘉羚煩惱不想上學，想要趕快工作負擔阿嬤的醫藥費，學校裡一堆幼稚的同學，除了雨葳之外，我沒有看過她交其他朋友。如果能夠**通靈**，她想問一問爸爸關於過去、未來的事。

阿囧先生在煩惱未來。

究竟要繼續升學，還是趁年輕走上電競選手之路。雖然數理跟反射神經都不錯，但認真說起來，要當電競選手或是工程師只能二選一。

這些問題在課本中找不到相關的解答。如果能夠**預知未來**，讓他知道怎樣才能夠回報阿娟姨的養育之恩就好了。

就連林春藤也一樣，充滿各種煩惱。當然他最煩惱的，是自己**沒有超能力**，或者**萬一有了超能力**，該怎麼辦才好。

如果這世界上每個人都有超能力，那會是什麼樣的光景？

平凡的上班族徒手擋下差點撞到幼童的闖紅燈汽車、家庭主婦買菜途中順手冰凍了火災現場、背著書包上學的孩子在教室裡討論拯救世界、人們彼此用心電感應溝通，世界或許更美好。

也有可能更糟。

還是回到現實一點的**煩惱**就好。

回想起國小時，課業壓力根本不算什麼，可以邊玩邊學的東西好多，什麼事都新鮮有趣，做不好也不會被砲轟，更不會被老爸K。

可是升上國中，就是無止盡的功課、報告與考試。踏上升學征途的國中生，只能茫然的看著那些做不完的功課，考不好的試，然後硬著頭皮一關一關闖過去。從被過分保護的小孩變成踏進小大人領域的國中生，一下子被排山倒海的壓力塞得滿滿的，完全沒有喘息的機會。

對比國小時期的種種美好，難怪同學們在畢業典禮上哭成一團。

雖然當時沒有人知道為什麼要哭，也許只是覺得離開熟悉的環境很害怕吧？林春藤說得對，人是有第六感的，要不然國小畢業怎麼會哭成那樣？八成是隱約知道接下來的日子不好過了吧？

國小時的我無憂無慮，和小蕨放學後，常常往叔叔的麵包店裡鑽。妹妹一邊咬著剛出爐的麵包，一邊聽我跟叔叔天南地北閒聊。不愛開口的妹妹，只有這時候，願意在叔叔面前表達自己的想法。

我叔叔叫黃大加，他說自己高職畢業那天一點感覺都沒有，有些同學選擇就業，整個高三下學期都在玩樂，沒有人關心課業和即將到來的畢業典禮。他當時不知道未來要做什麼，可是一點也不煩惱。

後來他才知道，那種無憂無慮的日子很短暫，又非常珍貴。叔叔說，畢業後沒多久他就走偏了路，變成一個連自己都討厭的人。

叔叔是大家口中「洗心革面的更生人」，高職畢業後他和朋友鬼混，被地方幫派吸收，直到一次他跟著去討債被抓，所有人把責任推給他，讓他十九歲就進了監獄。

後來叔叔在監獄裡接觸了西點烘焙的課程，服刑期滿後回到社會，卻沒有麵包店願意給他一份工作。在四處求職碰壁時，他聽到人家說了一句話：

「更生人再犯罪的機率很高，超過一半都會再回去蹲，我怎麼敢請你？」

叔叔只好回到家鄉。

既沒有好好讀書，也沒有好好做人。叔叔很後悔，但只能試著振作起來。剛回來家鄉時，沒有人看好他。他和以前的壞朋友斷絕往來，我爸爸借他一筆錢，讓他接手一家經營不善的麵包工坊，專門製作營養午餐的麵包賣給學校，因為便宜、注重衛生又用料實在，漸漸累積出口碑，開了正式的店面。

除了有前科之外，叔叔幾乎沒有煩惱，性格直率，簡直就是我的偶像。

他從不抱怨工作、親人或社會大小事件，每天規律的早起運動健身，然後揉麵團做麵包，一個人忙得不可開交，卻從不喊累，也沒有多請員工來幫忙。

他說，做麵包幾乎沒有什麼利潤，再請人就划不來了。

可是即使這樣，他還是常常送麵包給獨居的長者，或是經濟弱勢的家庭。

開店好幾年之後，他遇到了未來的老婆，我嬸嬸。聽說她是麵包店常客，看叔叔忙不過來主動幫忙。鄉下有個好處就是，誰家遇到困難，周遭的人都會盡力出手相助，久而久之大家就像一家人一樣了。

我爸常說，雖然叔叔看起來沒什麼煩惱，可是事實上他每天都為了過去所犯的錯誤在反省、懺悔……他很感謝社會願意再接納他，所以不像我動不動抱怨。

我常常煩惱「好人」跟「壞人」之間的界線到底是什麼？叔叔以前是「壞人」，但他改邪歸正後，應該也算是「好人」了吧？但令我印象深刻的是，叔叔剛開店那幾年，店門口經常出現小孩拉著父母，指著麵包店櫥窗裡的水果蛋糕流口水，但大人卻拉著孩子的手快步離開的光景。

叔叔那時候，應該還是被一部分的人當成「壞人」吧？

即使他不抽菸不喝酒，就連髒話也不罵半句，他的過去還是緊緊跟著他，或許他也會因此在夜裡深深煩惱著。

但叔叔「一心一意做好一件事」的態度，就是我崇拜他、喜歡他的原因。缺乏專注力，也是我千萬個煩惱之一。

有了手機之後，我名列世界上最無法專注的人前幾名。

升上國中之後，新的課本充斥著必須牢記、理解、應用的功課。但我喜歡國文課，一打開第一課，就是楊喚的〈夏夜〉。

「來了！來了！從山坡上輕輕地爬下來了，」

哇！好美的文字啊！我彷彿在課本裡，看見了夏夜降臨、萬物期待的樣子。

那就像在鎮上的邊陲，一大片魚塭與稻田的交界處，有一條圓弧形、環抱著小鎮的外環道路。

黃昏時分白鷺鷥在稻田間逡巡、飛掠魚塭水面，捕獵一天最後一餐的小魚。青禾搖曳的稻田裡，日間的暑氣消散，田埂間也開啟了蛙鳴、蟾蜍、蟋蟀與鈴蟲的協奏曲，黃昏的夕陽緩緩沉入魚塭那頭的地平線，外環道路的路燈點亮的瞬間，夏天的夜晚派對正式開始了。

就像楊喚的〈夏夜〉描寫的一樣。

這樣美好的想像與感受，就是國文課引人入勝的地方。

可是美好的感受還沒過去，老師便打斷我的想像，硬生生把詞句拆開，開始講解「現代詩的定義」，什麼是轉品修辭？什麼又是擬物化、形象化的描述？

我的思緒還留在美好的夏夜風景裡，路燈底下整群無頭亂飛的蚊子，就像我被困住的專注力，時而嗡嗡旋繞，時而一哄而散。

我常常這樣失去專注力，然後對剩下的課文興味索然，考試的成績當然很糟。但好像除了我之外，其他人也有同樣的問題。

林春藤上課不專心是出了名的。

各科老師都很頭痛，關於他上課時不時開關鉛筆盒的舉動，還有他想到什麼會突然站起來跑出教室外，叫也叫不住。他媽媽曾經到學校跟老師們面談，說這孩子在國外念小學時，被醫生診斷出過動傾向，林媽媽強調：他只是有一點舉止怪異，課業一直名列前茅，沒有任何問題……

林媽媽呀，林春藤不只是有一點點怪異好嗎？您知道他上完國文第一課楊喚的〈夏夜〉之後，便轉過頭來對我做出了一個驚人的結論：

「楊喚一定是超能力者。」

當時我正舉起隨身水瓶補充水分，差點沒有把口中的水往他臉上噴灑出去。

「喔，怎麼說？」

「你看課文就知道，他首先一定具有『千里眼』的能力，才能遠遠就『遙視』看到蝴蝶跟蜜蜂身上帶著『花朵的蜜糖』，對吧？」

我已經做好聽他胡扯一番的心理準備了。

「然後，他應該具有某種『超感官知覺』，所以一直預知到有什麼東西即將『來了、來了』……」

「那是『想像力』還有文章修辭好嗎？」由此可見他上課時一直神遊在自己超能力的世界裡，完全沒有在聽老師講話。

「不不……沒那麼簡單。你看，他可以感知到『小弟弟和小妹妹』的夢境，代表他也有『他心通』的『心靈感應』能力，另外還有『動物傳心』的感應力，這是我用『維基百科』查到的……」林春藤拿出抽屜底下遮遮掩掩的iphone手機。他居然把手機帶到學校沒有上繳，還在上課期間偷偷使用！

「那你有看到課本上說，楊喚在二十三歲的時候，因為趕著看電影闖越平交道，結果被火車撞死了嗎？如果他有超能力，還有那麼多感應能力，怎麼會沒有辦法預知這些危險？」我心不在焉的偷偷拿出螢幕裂成蜘蛛網的手機，搜尋了一下楊喚的生平，跟課本上面寫的一樣。

好羨慕林春藤有最新款的iphone手機喔。

「擁有特異功能的人，通常都是命運乖舛的……」林春藤說到一半，卻又欲言又止。

「怎麼說？話不要講一半啊。」

「其實我們家族裡，據說也有幾位親人擁有超能力……」

「喔……」雖然開學認識到現在也沒多久，但我已經不太相信這個人講出來的話了。

「真的啦！」林春藤看我不太相信他的樣子，反而認真起來，「我們家族中出了很多個醫生、律師，甚至政治人物，據說他們都有過人的能力，像是超強的記憶力、預知能力，或有人從小就看得到鬼神，他們的共通點就是都很有名，然後都很……」

「都很……怎麼樣？」

「都很……早死。」

「所以，你想解開超能力的祕密，跟你的家族有關？」

「是啊，有一點關聯啦！不過還有另一個主要的原因……」

「另一個主要的原因？是什麼？」

「因為上學很無聊啊！我以前在美國讀國小時的課程就很有趣……」

我想到剛剛〈夏夜〉那一堂課，一開始興味盎然，到最後竟然一直打哈欠，可能國外的課真的比較不一樣吧？

「以前上課比較像是『試著找出課本裡的意義』，現在好像有點『不斷塞東西到腦袋裡』的感覺……」林春藤下了這個結論，我覺得他講話雖然瘋瘋癲癲，有時候卻很精準。

為什麼我們要上學？我常這樣想。許多不太愉快的事，好像都是從上學以後才開始的。楊喚一定不知道。

從小我就很討厭上學，上幼稚園的第一天，我便賴在媽媽的腳邊不肯進教室，幼稚園的老師好說歹說，就是無法把我從媽媽身上拔下來。我之所以印象這麼深刻，是因為媽媽當時雖然嘴巴上一直說著「要乖呀，媽媽放學就來接你，不用害怕呀」這類的話，可是雙手卻緊緊抓住我的腋下沒有放開，所以來幾個老師都沒有用。後來是幼稚園的主任眼尖發現媽媽的眼眶都是眼淚，反過來安慰媽媽，她才願意鬆開手。

我實在是不知道「上學」這件事到底有什麼好玩的，從幼稚園開始，我就常常一個人坐著發呆。自從知道媽媽不會留下來陪我之後，我就對學校裡的事物興趣缺缺。

雖然還不至於逃學，可是我確實是每天都心不甘情不願的起床上學。幼稚園時一心只想放學回家，國小時也沒有特別的好朋友，放學後還得去安親班寫功課，直到爸爸媽媽下班，每天都忙得不得了。同學們都找到各自的好朋友，但我卻不知道為什麼一個要好的朋友也沒有。

我真的不知道，交朋友的意義是什麼。

這種情況，上了國中也不會改變。我曾經這麼想。可是一開學就遇到了林春藤這個怪咖，他可能覺得課業很無聊，或想找到關於「超能力」的答案，所以成立社團，把我們幾個邊緣人圈在一起。

說也奇怪，加入這個奇怪的「超能研究社」之後，上學的日子好像變得比較有趣了一點。

簡單的說，應該是比較「爆笑」跟「爆炸」了吧？

因為這個社團有個超級不正經的靈魂人物，所以「爆笑」似乎是必然的。如果要我列舉林春藤做過最爆笑的超能力實驗，那就不可不提「夏夜行動」這個無厘頭的搞笑實驗。

在爭論楊喚的〈夏夜〉是否是因為「超能力」而寫出來的作品時，林春藤頭一歪，果斷的說：「要不然我們來做個『超感應實驗』好了。」

聽到這個提議，我好像突然有了預知能力一樣，知道一場災難即將降臨。

那天晚上，在人聲鼎沸的夜市裡，一個少年站在入口處，蒙住雙眼，雙手環抱在胸前。

旁邊是賣串燒的攤位，木炭烤肉的特殊香氣幾乎占據了夜市入口，沒有人可以穿過這片濃濃的烤肉霧氣，而不看架上那些滋滋作響的培根串、香菇串與醬烤甜不辣串一眼。

「我們來測試看看，人在失去某種感官的情況下，有沒有辦法發展出其他感官的超能力。」林春藤提議。

因為他在網路上看到國外有人失去視覺，卻能憑著舌頭與上顎發出彈舌音，「回聲定位」來避開眼前的障礙物，甚至還能騎腳踏車上街。

這段影片連我們這些原本對超能力不感興趣的社員，看了後都嘖嘖稱奇，所以接下來當林春藤提出荒謬實驗的提議，我們竟然無法拒絕。

我們約在小鎮唯一一座夜市的入口，這座夜市就在「唯一路」上，沒有一般夜市有的「忠孝夜市」或「花園夜市」這麼響亮的名字，它就只能被命名為「唯一夜市」。

小鎮上的「唯一夜市」，只有短短的五百公尺一條街，在小鎮唯一稍微熱鬧的街區往外延伸，盡頭就是水稻田。

大家平常對於社團活動並不熱衷，那天很意外的全員到齊，連想要體驗在地文化的麥可老師也來了。

林春藤帶了幾個黑色眼罩，一一發給大家，接著說出他的實驗如何進行：

「我仔細想過了，我沒有辦法像是『神奇蝙蝠俠』那樣，在短時間內發展出『回聲定位』這種能力。」他的額頭、下巴多出了好幾道碰撞的擦傷與瘀青，看來他已經自己在防空洞裡「人體實驗」過了。

「但是我認為，把視覺拿掉之後，人的感官的確會變得更加敏銳，就像楊喚在〈夏夜〉中的『超能力』一樣，所以今天晚上我們要來挑戰看看，誰能夠戴上眼罩，從夜市頭安全走到夜市尾，就算是通過考驗。」

「什麼！」大夥發出不可思議的驚呼，這實驗是怎麼回事？

「大家不用緊張，我們可以分組進行。不戴眼罩的人幫戴著眼罩的人注意前面的狀況就好了啊……」

「屁啦！這是什麼鬼實驗？你自己試試看啊！會撞到一堆人吧？」我實在忍不住爆氣。

「唉唷，又還沒試試看怎麼知道？說不定你還沒撞到人就安全抵達，證明你有某種『超感應視覺』啊！」

「馬的，你白痴喔！你自己走給我看！」我忍不住爆粗口。

「請你不要罵髒話……」白嘉羚冷冷的說。

我意識到自己在人聲鼎沸的夜市裡，沒了在校的顧忌，一不小心竟然脫口罵髒話了！而且是在白嘉羚面前，真丟臉！

「我要吃雞排和珍奶。」小蕨挽著白嘉羚的手臂，順便瞪了我一眼。

「那個……我可以幫林同學注意前面啦！不過我也還沒吃晚餐……」麥克老師眼睛發亮，一副很想盡情逛夜市，但職責所在又不能丟下我們的樣子。

最後實驗當然是由社長本人親自且獨自實行，他神情凜然的戴上全黑且遮光的眼罩，嘴角的烏青與額頭上的ＯＫ繃，讓他看起來像是被綁架的富家公子。

「副社長，你也一起嘛！」正當我心裡慶幸逃過一劫，那個討厭鬼阿囧竟然陷害我！

「我才不要！這實在太蠢了！」

「對啊！你們不是一對『難兄難弟』嗎？」麥克老師居然落井下石，枉費我對他充滿敬意。

「你放心，我會幫你們看路的。」

少來，老師你臉上寫著我想逛夜市，你以為我看不出來嗎？

「哥，這遊戲好玩耶，你就試試嘛……還是你不敢？」妹妹陷害自己的哥哥完全不手軟，而且特別會用激將法。

「誰說我不敢？我只是覺得很蠢而已好嗎？」

「黃東祐，你就試試看嘛……我覺得你應該比社長來得敏銳，一定可以走到終點的。」連白嘉羚也在旁邊火上加油，她這麼一說，我臉都紅了。我也不知道哪來的勇氣，可能是想要趕快把臉遮起來吧，於是拿起眼罩說：

「無所謂啦，試就試，誰怕誰，待會大家輪流啊！」

「太好了東東，不愧是副社長！」林春藤早就戴好眼罩，激動的抱住阿囧先生。

「你抱錯人了啦！」阿囧先生鬼叫著，大家都笑了，感覺夜市入口的人都在看我們。

我戴上眼罩，眼前一片漆黑，什麼都看不見！

天哪，原來雙眼失明的感覺這麼可怕！那些失去視覺的人，究竟要怎麼活下去啊？

正當我感到非常不自在，雙手在空中亂揮，想要把眼罩抓下來的時候，有隻手伸過來，牽著我往前走。這是誰的手啊？我完全沒有概念。

阿囧先生的手又粗又長滿硬繭，應該不是他。

妹妹的手我從小牽到大，也不是她。

麥克老師的手又大又厚實，手上還有金色的汗毛，應該也不是他。

難道……是白嘉羚？

我瞬間心跳加速，方向感大亂，右腳差點被自己的左腳絆倒。

蒙住眼睛的感覺好像沒那麼可怕了，反而有點刺激，混雜著一點點甜蜜美好的想像。

大夥的聲音不斷指示我們方向，同時也提醒逛夜市的民眾注意這兩個蒙眼的瘋子。

「往這邊！」

「不對，往那邊啦！」

「小心前面有人！」

「不是啦，在你右手那一側。」

「喂，不要故意陷害副社長好嗎？」

「哈哈，你要撞到攤販了！」

黑暗中，我只聽到吵雜的人聲、同伴們的嘲笑，還有路人窸窸窣窣的耳語，一路上跌跌撞撞，麥克老師負責跟路人道歉，走了一段路之後，其實沒有一開始那麼可怕了！

「已經到一半了吧！我聞到牛排的香味了！」聽到林春藤興奮大喊，我也忍不住跟著喊：「對，我也聞到了，在我的左前方對吧？」

「還有甘草芭樂的味道，仔細聞還有綠茶養樂多，所以飲料攤跟水果攤就在這裡呀！」

「快逃，我聞到好濃的……臭豆腐味！」

「哈哈哈！」

「好好玩，好像真的看得到那些攤販喔！」

「喔，有人抽菸，還有誰……逛夜市噴那麼重的香水？」

「哈哈哈，林春藤，你小心等一下被打。」

「啊啊，你忍心揍一個瞎子嗎？咦，我摸到什麼？」

「啪！」一個巴掌聲從林春藤的方向傳來，「變態！」

小蕨急忙阻止想要看清楚突發事件的兩位受試者。「不可以把眼罩拿下來！」

「所以……我剛剛摸到誰了？」林春藤的聲音聽起來好像還在往前走，那隻手也繼續牽著我往前，只聽到大夥不斷嗤嗤笑著，那種感覺真討厭。

盲人的世界好辛苦啊！

「噠！噠！噠！」

林春藤那裡傳來了彈舌音。

「喂！蠢藤，你回聲定位練得怎麼樣？」

「完全沒有效果啊！你咧？有辦法『看』到眼前的景象嗎？」

「噠！噠！噠！」

「等等，我好像聽到蟋蟀、青蛙的叫聲，人的數量好像也變少了，聲音反射聽起來沒有那麼雜亂，剛剛是不是經過打彈珠的攤位？快要到夜市尾端了吧？」

我假裝聽得見回聲反射，好像可以感覺前面有沒有障礙物一樣。

「對呀！哥哥好厲害！」

「我自己一個人走走看！」不知道哪來的自信，我放開引導我前進的那隻手，想試試看蒙著眼睛的我，能不能在夜市裡走到盡頭。

空氣中飄散著各種氣味，烤玉米、炸黑輪、鹽酥雞、藥燉排骨、珍珠奶茶、泡泡冰、蜜餞和叔叔做的麵包……對了，叔叔也在夜市擺攤，他一定看到我們這一群國中屁孩搞了這麼一齣鬧劇，還好他守口如瓶，絕對不會跟我爸爸打小報告。

我一路走過每個攤位，甚至能夠清晰說出攤位的長短，好像經歷一場氣味的冒險，而現在，我幾乎可以聞到夏天日晒後的水稻田，散發出來的青草氣息。

夜市的喧鬧盛宴與暑氣蒸騰慢慢在空氣中轉換，微風與蛙鳴蟲聲彷彿在全黑的換幕時間裡調換著場景。來了、來了，從山坡上靜靜的爬下來了……

我本能的停下腳步，說：

「蠢藤，你感覺到了嗎？我覺得夜市的盡頭到了。」

「蛤？」

「撲通！」

「哈哈哈！社長掉下去了！社長真的掉下去了啦！」背後傳來一群人的哄笑聲，還有快速跑來的腳步聲。

我摘下眼罩，眼前正是「唯一夜市」的盡頭，夏夜的水稻田在眼前舒展開來，距離我掉進田裡只差最後一步。

這時林春藤也摘下眼罩，全身泥水的望著我發呆，過了兩秒鐘，我們忍不住爆笑出來！

「哈哈哈哈哈哈哈哈哈哈哈哈！」

我們一群人笑到下顎痠痛，一起坐在田埂旁，望著夜晚的水稻田，手上互相傳遞夜市買來的香酥雞、包著李仔鹹的小番茄與泡泡冰、珍珠奶茶，還有叔叔塞給小蕨的一大袋麵包。我幾乎忘記上一次跟同學玩得這麼瘋，笑得這麼開懷是什麼時候。

夏天夜晚，注滿灌溉水的稻田裡，波光粼粼的反射著皎潔的月光，後頭喧騰的夜市聲響彷彿遙遠異國的背景音樂，我們正坐在青蛙與蟋蟀、鈴蟲與夜鷺的搖滾區，大笑著回味剛剛林春藤掉進水田裡的糗事，笑著改天還要再來一次！

「東東沒有掉下去啊，而且還在蒙著眼睛、沒有任何人的引導下，完美的在道路的最末端停下來呀！」林春藤說。

大家亢奮又熱切的注視著我，我望著水田，喃喃自語道：

「誰知道呢？或許我真的有超能力吧？」

在美好的夏夜裡，少年們的笑聲一陣一陣傳到很遠很遠的水田那端。

每個人都有自己的煩惱，沒錯。
但此時此刻煩惱已被夏夜輕輕的包圍、融化了。
所以我剛剛牽的到底是誰的手？

08 超能力網紅博士

希臘神話中，用象牙雕刻出女神的雕刻師畢馬龍，因為他每天對著自己雕刻出的象牙女神像說話，最後女神像竟然變成了真正的女神。

從小到大，妹妹一直覺得我很廢，講話既老成，又愛「碎碎唸」，比我們家「行動派」的爸爸還嘮叨，但我自己可不這麼認為。我頂多就是對事物有自己的見解罷了，平常大人不是都說「要有自己的看法，不要人云亦云」嗎？

我活了十四年，至今還沒有看過什麼無法解釋的事。說不定等我活到四十歲會有一堆難以解釋的經驗，但至少到目前沒有。太陽升起，一切都清楚有條理，而夜晚再怎麼神祕，對我而言的意義只有「睡眠」，什麼「妖魔鬼怪」或「超自然現象」，我可不會自己嚇自己。

可是當林春藤分享一段網路上的影片時，我真的無法理解自己看了什麼東西？

那是網友整理世界上許多所謂「異能人士」的影片，開頭是一位穿著和服的老人，頭髮完全銀白，沒有一絲黑髮，歲月的刻痕在他臉上像地圖細微的巷弄，兩眼深邃卻炯炯有神，盤腿端坐在一間看起來有點破舊的榻榻米和室裡。

在老人面前，一張小茶几上立著三支白色的蠟燭，老人與蠟燭至少距離兩公尺，老人先對鏡頭嘰哩咕嚕說了一長串話，應該是日文吧？

接著他轉頭注視著蠟燭，奇怪的是，蠟燭居然在他的注視之下，一根接著一根熄滅了！

老人「瞪」熄蠟燭後，看起來似乎露出一點疲憊的神色，拘謹的轉過身來對著鏡頭鞠躬，然後影片便跳轉到下一段。

一個蒙著眼睛的中年女子，背對著身穿白袍的研究人員，一一說出研究人員手中牌卡的圖案，過程中完全沒有窺見牌卡內容的機會。影片像是很久之前拍攝的，也沒有字幕，但因為她講中文，所以我們聽得懂。

光是這兩段影片，就夠令人不可思議的了，底下還有更多的連結，都是世界各地超能力者的影片。

世界上真的有「異能人士」嗎？他們看起來就跟一般人一樣，沒有什麼不同啊？

不過，影片也可能造假！牛頓老師常說，網路上的一堆影片都是假的，許多打著「知識型網紅」名號的人，其實引述的知識錯誤百出。還有更多人利用物理概念或簡單的剪接，就製造出魔術般的效果，所以要對眼前所見保持懷疑的態度，積極求證。

一起觀看影片的，除了我和林春藤之外，還有白嘉羚跟阿囧，以及我妹。放學後大家相約在祕密基地的防空洞會合，說是社團活動時間，其實還比較像是某種約定俗成的習慣。

無所謂啦，反正大家都被林春藤騙了，加入這種詭異的社團。

我被誤會為林春藤的死黨，成為社團幹部就算了，隔壁班的阿囧則是為了防空洞裡面一整組電競規格的電腦，還有冷氣與高速光纖網路，死心塌地的每天來報到。

白嘉羚加入社團後，常和小蕨參加我們在防空洞裡的定期聚會，兩人形影不離的膩在一起。白嘉羚總是戴著耳機，我妹妹也總是戴著助聽器，她們一見如故，彷彿上輩子就認識一樣。

即使分開的時候，她們也會用藍芽耳機連線，透過網路小聲聊天，看起來就像在自言自語，林春藤都笑她們簡直像是有心電感應一樣，不用面對面就能傳達想法。

認識白嘉羚後，小蕨逐漸走出封閉的自我，也比以往還要開朗快樂許多。

兩個安靜女孩，在與世隔絕的防空洞裡小聲聊天，互相傳訊息，或是用藍芽耳機聽同一首歌，沒有人會去打擾她們。

看完一連串異能人士的影片後，隔沒多久，林春藤就決定拍攝一支影片，來宣傳「超能研究社」。

簡單的說，林春藤想當網紅。

我們不動聲色，在心裡翻著白眼。為了加分而湊在一起成立的「超能研究社」已經夠煩人了，更糟糕的是這個無事生非的社長，居然還要找更多的事情來忙翻大家。

他看大家沒有反應，像在防空洞裡躲避空襲一樣安靜，決定擅自分派工作。

「拍影片很麻煩耶！」我帶頭抗議。

「我提議用手機拍，我可以幫忙剪輯……」

阿囧先生眼看勢在必行，竟倒戈破壞默契，轉而去討好林春藤。

「太好了！那要用誰的手機？」林春藤滿臉興奮，一問之下，才發現大家都不想出借手機！

首先，我的手機螢幕破碎得像蜘蛛網一樣，根本不好意思拿出來。

單耳聽損的妹妹，使用手機的用途跟我完全不一樣，她直接用手語拒絕：「我手機不借男生。」我向大家解釋，因為妹妹很多事情都仰賴手機裡的友善軟體聯絡，所以比較注重隱私。

「我沒有手機。」白嘉羚接著說，這引起大家一陣驚呼。

原來有一次登山時，白嘉羚的手機不小心掉在山上，從此之後就沒有辦過新手機了。

「反正也不是智慧型手機，是有數字按鍵的那種。」白嘉羚滿不在乎的說。

真酷！什麼年代了還有人用數字型手機，令人肅然起敬，更了不起的是丟了手機還不在意，簡直酷到最高點。

白嘉羚看小蕨一眼，接著說：「還有，就算有手機我也不借男生。」

好好好，我知道你最酷。

「沒有手機不會很不方便嗎？」阿囧先生滿臉囧樣疑惑著。

「完全不會，手機能幹麼？」

「拜託，手機可以做的事情可多了！除了聯絡事情、聊天之外，還可以拿來寫報告、採訪或在小組討論時錄音，更別說拍照、拍影片、剪接影片、看影片、上網找資料、聽音樂、聽線上課程、免費的線上家教、測驗與試題、追劇、傳檔案、參加演講，當然還有最重要的——玩遊戲！」

「那些我都沒興趣。」白嘉羚說得滿不在乎。

「學姐，那你喜歡做什麼？」雨蕨露出像是小動物般的眼神，崇拜的看著白嘉羚。

「我只喜歡去山上，呼吸大自然的氣息。最好是去沒有太多登山客的地方，不然還不如待在圖書館。」

這時候，阿囧先生開口了：「我最討厭的就是爬山了。」眼看話不投機，尷尬癌又要在空氣中擴散，小蕨連忙轉移話題：「那……社長想要拍什麼樣的影片？」

「我想要證實『超能力存不存在』這個問題。」林春藤很篤定的說。

「唉唷，那都是騙人的啦。」阿囧好像意識到林春藤不切實際的想法，很難讓他成為什麼網紅，於是決定說服他打消念頭。

阿囧的導師是教物理的牛頓老師，他應該是這世界上最不相信怪力亂神之說的人，堅信萬物皆服膺物理定律，若有科學無法解釋的事情，也只是現階段人類的科技尚未發展純熟的緣故。

他好幾次在上課時提到，人們寧願忽略科學的事實，相信自己願意相信的事情，那叫做「畢馬龍效應」，源自希臘神話中，用象牙雕刻出女神的雕刻師畢馬龍，因為他每天對著自己雕刻出的象牙女神像說話，最後女神像竟然變成了真正的女神。

「簡單的說……」阿囧模仿牛頓老師的語氣，「成績好的學生，能夠得到好成績，是因為旁邊的人相信他、也期望他拿到高分，而他自己也這樣相信，所以好學生通常都會一直保持名列前茅。」

所以反過來說，我一直覺得我成績很糟，是因為大家都不看好我嗎？

還有一個叫做「巴南效應」的名詞，在講日常生活中一些模稜兩可的描述詞句、分析或是至理名言，常常令人對號入座，認為是為了對應自己的現況，像是星座運勢跟算命。

某一天下午，牛頓老師在上課時提到了一個很特殊的人物，是住在嶸樺鎮上的一位異能人士，自稱「松林御聖丁博士」，很「中二」的名字，這種一聽就知道是神棍的詭異封號，竟然吸引大批信眾前來朝聖。

我們上網google了這號人物，發現竟然有信徒把這位「博士」發功的影片放到網路上！我們全都擠到電腦前面，想看看他葫蘆裡究竟賣什麼藥。

影片中的丁博士看起來年過五十，頭頂出現像是內海灣形狀的禿頭，雖然還殘留著書卷氣息，但看起來眼神犀利，不像學者，倒像是一個生意人。丁博士戴著金邊眼鏡，站在一張桌子前，桌上擺著一盆水，看起來清澈透明。

只見他雙手懸在水盆上空，口中唸唸有詞，加上手部動作，水盆裡的水竟然憑空起了波紋，而且越演越烈，霎時間一盆水像是沸騰一樣一直冒泡，但是只要手一離開水盆上方，水面又立刻平靜了下來。

「各位可以看到，這是分子震盪的能量波，我現在要用這個力量，來為人治病。」丁博士突然對著鏡頭說話，前幾句聲音宏亮急促，把我們嚇了一大跳，但他的語調突然轉為輕柔有磁性，反差真大。「在我面前的是先天性氣喘的患者，他常常會有感冒咳嗽久咳不癒，甚至併發肺炎的症狀，我要用分子震盪能量波清洗他的肺部。」鏡頭轉了個方向，在一旁的椅子上，坐著一位臉色鐵青的中年男子。

丁博士把雙手手掌貼在病患的背後，病患就像觸電般挺直了背脊，接著丁博士又輕輕說了什麼，只見患者把眼睛閉上，而丁博士的手微微顫動著。過沒多久，病患突然用力咳嗽，攝影機跟著他急忙衝到水槽邊，拍攝他吐出來的一口帶有血絲的濃痰。

「我已經用分子震盪能量波清洗了他的肺葉，緩解咳嗽的症狀……記住，有抽菸的人經過多次的分子震盪能量波療程，可以改善肺部功能，減少肺癌的機率……」

「靠，真的太瞎了……這個影片居然有一萬多人點閱耶！」很難得聽到阿囧罵髒話，有時候有些話就是會忍不住從嘴巴蹦出來。

我偷偷觀察白嘉羚，她竟然對阿囧罵髒話一點反應都沒有？

「我倒覺得很有趣，說不定他有某種超能力啊？」林春藤竟然會相信這種詐騙手法，令我覺得很不可思議。「畢竟，有一萬多人訂閱他的影片啊……」大家實在太容易相信這種點閱數、人氣值之類的數字了。

不過就連我們之中最接近「網紅」的阿囧先生，他的遊戲直播頻道也只有幾千人訂閱而已。

「如何？要不要去拜訪一下這位『丁博士』啊？」林春藤臉上一露出興奮的表情，我就覺得事情正往不妙的地方發展了。

「認真的嗎？」剩下的人你看我，我看你，看得出大家都有點猶豫。

「牛頓老師不是說過，要有『大膽假設、小心求證』的科學精神嗎？如果可以去驗證這位『丁博士』的真偽，那麼就可以當作社團『期末成果』來展示了。」

「會不會惹上什麼麻煩啊？」我有不好的預感。

「不會啦！」林春藤露出招牌的陽光微笑，拍胸脯保證。

後來事實證明，就是會。

我簡直就有預知能力。

09 踢爆！超能力大騙局

「神明要降駕了。」唐裝男彷彿收到訊號般，也跟著大吼一聲，訓練有素的跪伏在地，其他信眾見狀紛紛跪趴在榻榻米上，道場瞬間詭異的安靜下來。

林春藤一旦下了決定，就很難改變，如果我們不跟他一起行動，他鐵定會隻身前往。他一心想拜師學藝，成立「超能研究社」之後，拜訪超能力高人就變成社團免不了的宿命。

因為是從牛頓老師那裡聽來的，出發前我們帶著「丁博士發功」的影片，先去找牛頓老師。

牛頓老師當然對此嗤之以鼻。「這不就是我上課提到的神棍假博士嗎？我一看就知道這是用超音波機、音響製造的效果，或是什麼會發出物理震動頻率的機器在操控的，哪有什麼『分子震盪能量波』或氣功可以把水震成這樣子？」牛頓老師說完，可能鼻孔有點搔癢，忍不住挖了一下鼻孔。

「幾乎所有的超能力者都是騙徒，你們去了也是白去……這樣也好，就把『證明超能力不存在』當作你們社團的營運目標也好，至少可以破解謠言迷信，對社會也有功勞。」

牛頓老師雖然嘴上苛刻，但每次我們課堂上提出什麼問題，或是指導科普研究社的時候，他總樂於幫忙破除謠言，比學生還認真。這次也是一樣，嘴上數落，卻不斷給我們指引方向，簡直就像我們的社團顧問。

我的看法跟牛頓老師相同，這些「超能力者」，大多都是傳聞中的「民間高人」，有的號稱兩岸知名氣功大師，有的是通靈的靈媒，或是宮廟裡的乩身、道士，利用「畢馬龍效應」與「巴南效應」，加上一些魔術手法來誆騙受害者。

我根本就不相信世界上有什麼超能力者，這些「民間高人」在我看來，統統都是騙人的。

除了林春藤之外，沒人想要大費周章去訪問這些「神棍」，中學生的課業壓力比想像中還辛苦，除了週間排得滿滿的考試之外，難得的假日還要預習功課和做一大堆作業與報告。況且，大家都怕惹上麻煩！

可是林春藤就是有辦法把大家都挖出來，使出各種威脅利誘的手段，例如：去拜訪超能力者的車資和飯錢全由他請客，下次考試或報告會提供他獨門的重點筆記給我們。沒辦法，誰叫上天這麼不公平，有的人就是家裡有錢到爆，還長了一顆超級金頭腦，卻不喜歡認真讀書，整天只想著一些超不切實際的東西。

「松林御聖丁博士」（名字太長了，以下簡稱丁博士）住在嶸樺鎮上都更後新蓋的住宅區裡，我們曾經偷偷騎腳踏車去勘查過幾次，從外觀看起來是一座嶄新的豪華透天住宅，車庫和旁邊的小門總是緊閉，外面擺滿了來自各地信徒送來的鮮花籃，還有五顏六色的彩帶，遠遠一看又像辦喪事又像辦喜事，令人費解。

我們騎腳踏車快速經過，或停下來研究那些花籃上面的卡片，可是一點頭緒也沒有，經過幾次探查後，林春藤鼓起勇氣決定要直接去按電鈴。

那天，林春藤走在最前面，後面是我、阿囧先生、白嘉羚，以及不放心我們的麥可老師，一共五人，準備直搗黃龍。

小蕨打從一開始便不願進入那個從外觀看起來很可怕的地方，這樣也好，我最不放心的就是她。小蕨說，她在祕密基地等我們，如果有事就Line她，她會立刻報警或通知叔叔。

或許她的直覺是正確的。

當我們鼓起勇氣去按門鈴時，大門竟然在我們手指碰觸到按鈕前，自動打開了！門後面是一個身穿唐裝的中年男子，警戒而客氣的問：「請問有什麼事嗎？」

「我……我們……」林春藤一到緊要關頭，口吃的毛病就跑出來了。

「你們是來拜訪博士的，對吧？」男子擠出和善的表情，但不知為何讓人有點不舒服。

「請問丁博士在嗎？我們聽說他有『超能力』，不知道可否露一手給我們看看？」我當然不可能這樣問，但是當林春藤愣在旁邊，一句話也說不出口的時候，情急之下我也只能挺身而出，順著男子的話接下去。

「您好，我們是馥桂中學校刊社的學生，我們看過網路上的影片，聽說博士有很多助人的事蹟，所以想來採訪他，不知道是否方便？」

男子虛偽又帶有一點得意的說：「我們博士平常都在閉關修行，只接受少數需要幫助的信徒，不接受媒體訪問喔！」

正當大家不知如何接下去時，白嘉羚開口了：「那……我有事情想要問博士，可以嗎？」

「要問事是嗎？你有錢嗎？」男子瞬間露出鄙夷的神色，被我的眼睛捕捉。

「錢我有，不用擔心。」麥可老師擋在白嘉羚前面大聲的說，看起來很有威嚴的樣子，又好像覺得自己反應過度，笑了笑：「學生的事情，就是老師的事。」

男子似乎也察覺到自己失態，又轉回堆滿笑臉的樣子：「我們博士慈悲為懷、助人為樂，『問事』都是免費服務，不過，有問事的善信大德，博士會邀請大家，一起加入興建道場的行列……我的意思是，沒有一定要捐啦！哈哈……」

這時候，門口玄關不知道從哪裡傳來一個低沉的男聲：「阿源，讓他們上來。」

我們抬頭一看，原來玄關的天花板上，有一支監視器正對著我們。

綽號阿源的唐裝男聽到擴音器傳來的聲音，立刻收起笑容，嚴肅又恭敬的領我們進到屋內，穿過兩道遙控開關的鐵門，接著通過了一個擺滿佛像照片、室內充滿焚燒檀香餘味的幽暗房間，眼前又有一道鐵門，門後是一道通往二樓的階梯。

唐裝男一語不發的打開樓梯燈，帶領我們上到二樓，最後一道門上面有一幅裱框的書法字，寫著「聖心道場」四個字。

這是一個鋪著榻榻米的開闊空間，打通了豪宅二樓的大部分房間，同樣也燃燒著有點刺鼻的檀香。整個室內，除了我們之外，還有一些看起來像是信眾或是徒弟的人，盤腿閉目散坐在四處。

「博士」盤腿端坐在正對樓梯口的牆邊，他的背後是一張超大尺寸的神佛大圖輸出，從釋迦牟尼到觀世音，甚至八仙過海、王爺、三太子、千里眼順風耳什麼都有，看得出來這些神佛肖像不是出自同一人之手，有些不知道是從哪裡移花接木，草率的合成為一張大圖。

另外三面牆上則掛著一些證書、感謝狀，還有報章雜誌的報導剪報，全都裝框裱褙得十分精緻高雅。

博士身穿白色的襯衫，打著樸素的領帶，頭頂中央的頭髮看起來有點稀疏，戴著一副玳瑁框眼鏡，有種舊時代仕紳的感覺。

領我們上樓的男子很客氣的對博士九十度鞠躬，然後打開博士背後牆上的一道暗門，搬出幾個蒲草墊子，以扇形鋪在地上，讓我們以相同的間隔分開坐著，每個人都臉朝著博士。

在我們身後的信眾，也拉著自己的蒲墊靠攏過來，但只是圍在我們身後，沒有一個人跨過我們跟博士之間的距離。

博士清一清喉嚨，咳了兩聲，示意我們坐下，在一一環視我們的臉孔後開口說話了：

「同學們，你們這幾天在我這兒繞來繞去，是想來見識見識我的超能力，對吧？」

我跟林春藤、白嘉羚、阿囧與麥可老師頓時面面相覷，啞口無言。

「你、你……你怎麼……知道？」林春藤張大了嘴，眼珠子都快掉出來了！第一次近距離接觸超能力者，對方一開口就說出他心裡想的事情。

「怎麼樣？這不就證明了嗎？」在信眾崇拜眼神之中，博士的語調聽得出有點驕傲。

我渾身起了雞皮疙瘩，有一種內心在想什麼被人一眼看穿的感覺，甚至有點恐懼眼前這個中年大叔：他看起來其貌不揚，穿著簡單的白襯衫、西裝褲，就跟一般的上班族沒有兩樣，根本不會給人「超能力者」的印象。

「等、等一下……你……您怎麼知道我、我們的目的？」林春藤搶先發難。

不過，光憑他那毫不掩飾的好奇模樣，要猜出我們這一群人的目的應該也不難。

其實從我在樓下門口時就發現，房子外面的花盆之間，玄關與樓梯，處處都設置了不明顯的攝影機。也許他們從幾天前就察覺到有一群國中生鬼鬼祟祟的一直在門口前「路過」。

「博士神通廣大，對你們校刊社要來採訪的事，早就有感應了。」帶我們上樓的唐裝男畢恭畢敬的說，但我跟阿囧互看一眼，覺得好像有點怪怪的。

「校刊社」這個說詞，是我剛才情急之下編出來的謊，但唐裝男卻說對我們要來採訪的事情博士早有感應？

博士與唐裝男似乎沒發現露餡，還覺得自己占了上風。道場裡的信眾也彷彿與有榮焉的忍不住開始講述博士的神蹟。

「你們不知道，博士是我們嶸樺鎮之光，他不惜拋棄海外的高學歷與高收入工作，回來在我們這種小地方，發願要當神佛的助手，拯救眾生。博士的名聲吸引許多需要幫助的信徒遠道前來，而且對大家有求必應呢！」

「神佛告訴我，要發慈悲眾生的願，所以我只是盡一己之力而已……」博士說起話來相當斯文，嗓音非常有說服力。

「博士真的太謙虛了，我們家婆婆屬雞，前年她犯太歲，所以向博士問事，博士說要吞生雞蛋來補元神，讓婆婆從此運勢都很好，連簽樂透都中四獎呢！」

一個大嬸喜孜孜的分享，但聽起來荒謬得不可思議。

「嘿呀，去年我老公中風住院，也是來問老師祭改的方法，老師說屬龍的遇到災厄，要放生同類來改運，結果我們做了好事之後，運勢真的變好了呢！」

「屬龍的人？要放生什麼？」阿囧先生搶問。

「爬蟲類都可以啊，像是綠鬣蜥，蛇也是可以啦……」

「什麼？蛇也可以隨便放生嗎？」白嘉羚聽到似乎有點惱怒。

「嘿呀，就是要放生積陰德，才能改運呀！」

「那些放生的綠鬣蜥跟蛇是哪來的？」

「阿源介紹的啊，有人專門在養的啦！什麼綠鬣蜥、兔子跟放生用的魚、龜都有喔。至於蛇，都是獵人從山裡抓到的毒蛇，一定要『有毒』的才有用喔！」婦人渾然不知自己講的話有點誇張。

「那這些蛇放生以後，萬一咬到人怎麼辦？」白嘉羚的臉色越來越難看。

「唉唷，不會啦，我們放生前都有給牠們聽佛經啊，我們也會選沒有人的地方才去放，像後山那個山坳根本不會有人，很適合野生動物生活啦！」

「什麼！」白嘉羚看起來像是要爆炸一樣。

博士一看苗頭不對，對唐裝男使了個眼色，唐裝男立刻打斷婦人的話：「好了阿姨，做善事不用大肆宣傳。」順勢轉頭對白嘉羚說：「對了，小妹妹，你剛剛不是說有事情要問師父？」

「唔……嗯……」白嘉羚整個人滿腔怒火，但很快冷靜下來，又恢復平常心事重重的冷酷模樣。

博士仔細打量白嘉羚的神色，低聲安撫她的情緒，「沒關係，想好再問，不用急。」然後靜靜的等著白嘉羚開口。

白嘉羚手中緊握著山羊角項鍊，那是她爸爸留給她的紀念物。

「……」

等了一陣子，博士忍不住還是先說：「你要問的事情，是跟家人有關，對吧？」

「你怎麼知道？我想問我爸爸……還有我阿嬤的事……」

「是什麼事呢？」

「我爸爸自從前年獨自到國外登山就音訊全無，連山友都斷定他應該是遇到了山難，來不及逃走……」白嘉羚將這些平常隱藏在心中的憂煩娓娓道來。

「所以你阿嬤因為等不到兒子的消息，然後就病倒了，是嗎？」博士問。

「嗯。我阿嬤現在還躺在醫院，昏迷不醒，醫生說阿嬤醒過來的機率很低，可是我大伯堅持要用機器維持她的生命，說至少要等到三年後，阿嬤滿九十歲才同意拔管……但，我覺得阿嬤好可憐，不知道她是不是希望……」

「希望什麼？」

「希望可以早一點解脫啊……」白嘉羚想到臥病不能動彈的阿嬤，擦了擦眼角的淚水，「我想她應該很想念爸爸，想要早一點在天堂跟他還有阿公一家相聚吧……」

「這是你的想法，也許老人家對這世界還有依戀啊。」博士拿起一本非常破舊的線裝古書，上面密密麻麻爬滿難以辨識的文字，看了半天後又閉目打坐，口中唸唸有詞：「陽壽未盡不可勉強，尤其晚輩不應妄自揣測長輩的心思，你大伯盡心維持阿嬤的壽命，這是在盡孝道，小孩子不可干涉。

「另外，你爸爸在山上失足跌落山谷，被大雪掩蓋，只能將他的魂魄引回來供奉，不過，這需要用很大的法力才能辦得到。」

「所以？」

唐裝男這時候搭話：「博士的意思，是要看信眾有沒有堅定的心意化為助力，將伯父的魂魄接引回來。發的善念越堅定，做的功德越大，就越能得到神佛的幫忙……」

「夠了！我聽不下去了！」一旁有位男子跳出來嗆聲。

我原本以為會是阿囧，或是白嘉羚自己跳出來嗆這個博士，結果沒想到居然是麥克老師！

「老師？」

「你這些歪理，根本就是用來誆騙善良民眾的話術！」

丁博士看了一眼麥克老師，露出傲慢的表情說：「外國人當然不懂命理五行之術的奧妙，也不知輪迴果報的力量，我不怪你。」

場面超級尷尬，一個留洋博士對上一個外籍老師，在一座詭異的道場。

阿囧先生也開嗆：「我發現樓下有裝監視器，所以你們才知道我們前幾天來過，對吧？剛剛白嘉羚講她爸的事的時候，你也是順著她的話去講而已，根本不是什麼超能力啊！」

「呵呵，這位小兄弟不要那麼激動，監視器只是為了防止人家亂停車，博士是真的擁有神通的喔！」唐裝男出聲緩頰，同時也安撫幾位信眾，「大家請不用驚慌，外面有很多不相信丁博士的人，有的會上門找麻煩。丁博士是美國知名大學畢業的高材生，最注重科學與玄學的同步驗證，牆上是他的畢業證書，旁邊還有國際催眠師、神學研究等證書，都是千真萬確的證據。」

「唔……可是，我剛剛看了畢業證書，裡面的耶魯大學的校名好像拼錯了耶？還有那張神學研究證書，網路上根本查不到有這個單位……」林春藤手上拿著手機，看來他已經瞬間google過網路上查得到的所有資料，一反先前深信博士是超能人士的態度，也提出了自己發現的幾個疑點。

道場中的氣氛瞬間降到最低點，幾個信徒面面相覷，也有點懷疑那張裝裱精美的證書，難道真的連大學的校名也拼錯了？

「你！你們這些兔崽子，是誰派你們來撒野的？」唐裝男一下子翻臉不認人，擺出凶神惡煞的態度。

「阿源，別對客人無禮！」丁博士出聲制止唐裝男，但態度仍舊高高在上，「看來你們自有定見，那我也不需要多費脣舌了，我是有讀過書的人，不會跟你們一般見識。有些事情，信者恆信，不相信的人，自然會有神魔在冥冥之中懲罰他。」

「你是在威脅我們嗎？」麥克老師質問他。

丁博士雙手橫抱在胸前，一副不可一世的態度。「我只是說，各位都要小心一點，我可沒有詛咒你們！」

「哼，我才不怕你這神棍咧，你空口無憑，我會揭穿你的真面目！」阿囧的正義感突然大爆發！

丁博士眼看眾人圍攻他，砲火猛烈，索性閉上眼睛不理會，道場裡的信眾看到博士被圍剿，也跳出來跟我們大吵，叫我們不要來亂。

「喝！」突然間，丁博士發出高八度音的怪叫，所有人都嚇了一跳！

「神明要降駕了！」唐裝男彷彿收到訊號也跟著大吼一聲，訓練有素的跪伏在地，其他信眾見狀紛紛跪趴在榻榻米上，道場瞬間安靜下來。

丁博士口中吐出完全不同的腔調，像在唱歌仔戲一樣唱起：**「馥桂中學眾子弟，冒犯聖壇出穢言，因果報應速應驗。不信宇宙自有法，萬般功名皆無望，仕途窮斷早還鄉，血光之災困迷陣，徒留悔恨兩茫茫。」**

丁博士從身旁拿出一個瓷瓶，用一根枝條不斷從裡面甩出水珠，大家驚慌的舉手阻擋不斷潑灑到身上的不明液體！

「夠了！麥擱假啊！」麥克老師很生氣，照理說他應該聽不懂這些文謅謅的七字詩，他衝上前去想要阻止丁博士灑水，卻被唐裝男阿源架住，雙方差點扭打起來。

老實說那些怪腔怪調的七字詩我也聽不太懂，大概是嗆爆兼詛咒我們一路衰到底的意思。

看來此地不宜久留，我跟林春藤使了個眼色，趕快上前拉住麥可老師，拉著白嘉羚與還在發呆的阿囧撤了。

在信眾跟唐裝男怒目注視下，我們離開了道場。

丁博士的話，根本就是詛咒，回來之後一直黏在我們心裡，實在很不舒服，做什麼事都疑神疑鬼。

沒想到幾句話就有這麼大的影響力。

10 超能電競大亂鬥！

我們這個時代，如果互看不順眼，則是掀起一場槍林彈雨的血腥戰爭，簡單的說，就是一群男生在電玩裡打群架。

從「聖心道場」回來之後，我們都帶著一種彷彿沾上了厄運的心情，每天提心吊膽過日子。博士的一串詛咒就像摸到骯髒黏膩的口香糖，或是踩到狗大便一樣，討厭的感覺揮之不去。

「萬般功名皆無望」應該就是什麼都做不好，考差落榜、打game吃敗仗，這是不是在說我？

另外還有「仕途窮斷早還鄉」跟「血光之災困迷陣」，指的又是誰？

我想都不敢想。

林春藤好像不痛不癢，也許他還在猜想對方有超能力的真實性吧？

可惡的神棍，居然連麥可老師都敢罵，實在太可惡了！

這些詛咒如影隨形跟著我們，就好像被霸凌一樣。不同的是，是被大人霸凌。

如果你和我生長在同一個年代，就會知道霸凌的方式也跟著時代在改變。我爸說以前國高中男生如果互看不順眼，會相約在學校外面打群架。而我們這個時代，如果互看不順眼，則是掀起一場槍林彈雨的血腥戰爭，簡單的說，就是一群男生在電玩裡打群架。

但不管時代再怎麼改變，在學校裡容易遭到霸凌的同學，一定具有某些特質：沒有同伴、異性緣太好，或是娘娘腔的媽寶。

而這些特質剛好就是阿囧先生的寫照。

在加入「超能研究社」這個前無古人後無來者的社團之前，阿囧在學校沒有任何同性的友人，雖然他擁有很多科技玩意兒，可是卻吝惜與他人分享。

但是女同學找他幫忙，卻從來沒看他拒絕過。不管是作業的問題、電腦手機壞掉，甚至是修圖、剪輯短影片，全都難不倒他，因此很多同學暗地裡叫他「最強工具人」。

加上有點陰柔的特質，對於流行話題又十分關注，阿囧很快就融入女生團體裡，也讓同年級許多男同學相當不齒，下課後在虛擬世界裡遇上，免不了一陣刀光劍影的廝殺。

但阿囧先生可不是省油的燈。成長過程中，他比任何人還常泡在遊戲裡，若是一對一的單打獨鬥，要打什麼類型的遊戲任君挑選，阿囧絕對不會輸。

但是現在的網路遊戲講求的是「團隊合作」，曾經抱走電競比賽大獎的阿囧怎麼會不知道？所以他的對手便會挑選需要隊友的遊戲來挑戰，像是這星期要舉行的《超能英雄傳說》大賽，就是一個要所有團隊夥伴通力合作，才有希望躋身強者的遊戲。

當阿囧先生提出想找社團成員組隊一起參加時，說實在的我們一點把握也沒有。那是我們從道場回來後不久，在防空洞裡的社團時間。

「好無聊喔！」蕨妹打了個呵欠。

「我可以教你們打電動啊！」阿囧對著螢幕說。當然，他所謂的打電動，並不是玩玩《超級瑪利歐》或是在手機裡養一隻電子青蛙那麼簡單，他說的「打電動」，指的是《超能英雄傳說》，也就是時下最夯的電競比賽指定遊戲。

阿囧教我們打電動，是希望我們可以跟他一起組隊參加下星期的《超能英雄傳說》大賽。

別的不說，打電動我舉雙手雙腳贊成，只要別讓我爸知道。

「打電動？這款遊戲好玩嗎？」林春藤露出了感興趣的表情，對於新的事物，他總是懷有高度的熱情。「聽說你去年被二年級那群慘電……」

我想起來了！去年阿囧跟電競社學長之間的恩怨。

「什麼慘電？才沒有那回事！是我讓他們！聽好了，是我讓他們的！」阿囧一緊張起來，整張臉顯得更「囧」、更好笑了！

為什麼突然要找我們組隊？原來在幾天前放學時刻，阿囧在校門口被電競社二年級的學長堵到，當著眾人的面下了戰帖。

「怎麼樣？阿囧，今年還要一打五嗎？不怕被慘電就來報名吧？」

「報就報啊……誰怕誰啊？你們以前都是我的手下敗將。」阿囧也不是省油的燈，別看他這樣，他可以在遊戲直播中「尬聊」跟「嘴砲」對手，一心多用，當然也練就一口伶牙俐齒，別人嗆他，一定要加倍嗆回去！

「嘻嘻，好漢不提當年勇，我怕你現在找不到隊友，不然你可以叫你媽媽一起來啊！」

阿囧聽完瞬間暴怒。「少牽拖到我媽！我今年就電爆你們！叫你們哭著回去找媽媽！」

「唉唷，我們的『媽寶』阿囧生氣了啊？哈哈！」

「沒錯！我是『媽寶』又怎樣？你們等著看，我絕對會澈底打敗你們，走著瞧吧！」

電競社的學長是有名的「馥桂中學三大學霸」，就是「會玩又會念書」的那種，令人憎惡又羨慕的人生勝利組。學業成績一向慘不忍睹的我，在學校當然主動避開他們的活動範圍。

身為電競社的三位創社成員，他們一起組隊參加比賽也很正常。因為比賽規則的關係，另外還找了「機器人創意發明社」的兩位學長，一共五人組隊才符合資格。

阿囧與這五個人，是經常在電競比賽中碰頭的勁敵，國小時阿囧一直占上風，在各類比賽中出盡鋒頭，直到上了國中後，比賽開始需要團體作戰，阿囧沒有並肩作戰的隊友，漸漸顯得勢單力薄。

「我可以教你們，很快就會上手的！」回到祕密基地，阿囧很想奪回電競場上的榮耀，無論如何都想組隊報名。

於是，我們五個人真的就報名了《超能英雄傳說》大賽。

阿囧用他原本就熟練的「人類戰士」，建立起「超能英雄遠征隊」這個組合，裡面有負責打前鋒的阿囧，還有我的角色——召喚法術造成大面積傷害的咒術師，看到好久沒玩的電玩角色，心裡浮現懷念又有點罪惡的複雜感受。

白嘉羚選擇的是精靈系的森林女王，小蕨同樣也選了精靈族，雖然隊伍中負責補血的後勤一個就夠了，如果隊伍中有兩個相同屬性的角色，戰力就會失衡，但是阿囧說：「沒關係，只要她們願意加入就好。」

言下之意好像是：女生在電競比賽中派不上什麼用場啦！

事實證明大錯特錯，有些女生根本就是天生的電競好手，男生只能靠邊站。

林春藤選擇跟阿囧一樣的「人類戰士」，因為他喜歡帥氣的角色外型。這類角色又稱為「ＡＤ」，也就是以物理攻擊為主要傷害方式，另外他擁有全套「皇家裝備」的保護，防禦力超強。

於是「超能英雄遠征隊」有兩個人類戰士、兩個精靈族、一個咒術師，只有近距離的物理攻擊跟一點點遠距離法術攻擊，補血防禦再高也沒有意義。

倉促成軍的烏合之眾，經過幾次的防空洞集訓後竟然也準備上戰場了。

我們一行人坐火車到城市裡，會場內擠滿了準備參加比賽的人，走到哪裡都有人在討論、預測今年的奪冠熱門隊伍。雖然是區域錦標賽，卻也有國外青少年組隊前來交流，許多鎂光燈、攝影機與麥克風爭相採訪年輕又意志高昂的選手，就連阿囧先生也被網路媒體認出來，還有遊戲愛好者跑來跟他合照要簽名呢！原來有這麼多人關注電競比賽，這麼多人努力認真看待這件事。

我們從來沒有這麼緊張和興奮，心中隱藏的不安已經到了極限，沒有自信、心虛是我們的致命傷。

因為我們根本沒有足夠的時間練習，幾乎由一群外行人拼湊而成。看見這麼多強敵，我們很擔心一上場就會被痛宰，這樣很丟臉，而且對滿懷熱情的阿囧先生也有點不好意思。

但是阿囧卻說：「沒關係啦，有我在，一定沒問題的！記住，我們是『一體』的。」阿囧總是說，團隊作戰的電競比賽，隊友間要隨時溝通，互相掩護、互相支援。比賽場上，參賽者們一邊廝殺，一邊透過耳麥快速提醒隊友，即時修正戰略，一起尖叫、大笑、緊張冒汗或歡呼，光看就覺得很過癮。

林春藤也說：「我覺得我們很強啊！那天團練時，我們真的很有『一體感』耶！」

白嘉羚說：「我只要負責補血對吧？」大家默默不出聲，因為白嘉羚只要握著滑鼠鍵盤，動作就非常不協調，導致她的角色像烏龜移動遲緩、反應慢半拍，只能擔任「補師」的位置。

小蕨倒是表現靈活，她在短時間內也練到相當不錯的等級。「學姐你放心，我會carry你。」

林春藤是隊伍中的「主坦」，因為角色防禦力強，還有皇家裝備的保護，所以應該可以撐到最後；而我對遠距離魔法攻擊還有點自信，再加上接近職業等級的阿囧先生，說不定我們真的能夠幸運晉級。

上場前，我們幾乎相信自己就像各自所操控的超能英雄一樣，擁有各種超能力，可以扭轉劣勢，改變世界的命運。

然後，我們「超能英雄遠征隊」在第一輪初賽，還來不及遇上學霸三人組，就被小學生電爆，慘遭淘汰。

當時我們還不知道，比起後面即將遭遇的打擊，在電競比賽中慘敗，根本就不值一提。

11

從樹上掉下來的猿人

他身上吊著點滴瓶、插著一些管子，旁邊的儀器螢幕波形正在跳動，同時還有一些沒人能懂的數值，我們儘量不去打量那些未知、可怕、又象徵厄運的儀器……

電競大賽挫敗的隔週，林春藤出了意外。

那是星期五下午，林媽媽說，林春藤那天自己一個人來到祕密基地，看到土芒果樹上結實纍纍，便從防空洞旁邊的榕樹往上爬，他先在樹屋觀察了一下，拿著打芒果的長竹竿，從樹幹分岔處的一根橫向枝幹往芒果樹的方向爬，結果才爬到一半枝幹便斷裂。

發現林春藤發生意外的人，居然是我叔叔。

聽說他剛送完麵包正要回店裡，經過林家老宅時，不知為什麼有種奇怪的預感，想拿些麵包給我們這群永遠處在飢餓狀態的少年（祕密基地早已不是祕密了），結果一進來就看到林春藤躺在防空洞屋頂上哀號，趕緊叫救護車。

叔叔這種莫名其妙救了人的事蹟，從以前到現在有好幾次了——去游泳池遇到溺水泳客、送麵包路上碰到車禍秒變救護車、偶爾搭電梯，還會遇到想到頂樓尋短的破產生意人，被他一再苦勸回心轉意，後來成為麵包店的死忠顧客。

林春藤應該是懸抱住將斷未斷的樹幹好一會兒，才會背朝下落地，偏偏掉落的地方又是防空洞的屋頂，脊椎骨硬生生撞在水泥掩體上面，X光片上顯現的脊椎骨，中間有兩段碎裂開來。

「醫生說很有可能終生癱瘓……」林媽媽一邊啜泣，一邊在醫院走廊上向我們說明情況。

她知道老宅防空洞是我們的「祕密基地」，但意外發生的時候，既不是社團活動時間，也沒有人約好要去聚會。如果不是我叔叔有著奇怪的第六感走進老宅庭院裡，林春藤不知道會在防空洞上哀號多久。

「林媽媽……我們可以進去看他嗎？」這一天，超能研究社的成員都到齊了，連麥克老師也來了。

進到了醫院病房，林春藤臉色蒼白的躺在病床上，上身穿著醫院的病人服，胸口以下蓋著棉被。

他身上吊著點滴瓶、插著一些管子，旁邊的儀器螢幕波形正在跳動，同時還有一些沒人能懂的數值，我們儘量不去打量那些未知、可怕、又象徵厄運的儀器。

林春藤緩緩睜開眼睛，勉強對大家擠出一個微笑。

光看到林春藤這副虛弱的樣子，跟平常活蹦亂跳的模樣天差地別，我們就覺得很難受。

「嘿，春藤同學，你……還好嗎？」麥可老師看我們全都難過得說不出話，率先發言打破醫院冰冷的空氣。

「老師……大家都來了，謝謝你們來看我，我、我很好……不用擔心喔！」林春藤特地擠出招牌笑容，似乎想要起身，卻動彈不得，看了讓人難受。

「春藤你不要亂動，今天覺得怎麼樣？」林媽媽看到兒子想起身，連忙過來安撫他，不希望他亂動影響背部的傷勢。

「今天比較不痛了，但身體……好像還是沒感覺……」林春藤也許還不知道自己傷勢有多嚴重。

我忍不住想罵人的衝動，說：「喂，你是想不開還是怎樣？練『飛天』的超能力喔？」

大家想到瘋狂的夜市蒙眼實驗都笑出聲來。

「對啊，要先學會走才能學飛啦！還有要學飛不會先組隊喔？不然誰『坦』你，誰『幫補』咧？」阿囧先生還念念不忘上週的電競比賽。

「哈哈，我們被小學生電得真慘，坐了那麼久的車，結果到會場不到半小時就打包走人了，連安慰獎都沒拿到。」我跟著說。

林春藤也笑了，說：「如果……我的反應……也再快0.01秒……也許就不會掉下來了……」

病房一陣靜默。

「唉，都怪那兩個女生啦！」阿囧說。

「你說什麼？我殺的敵人比你還多耶！」小蕨忍不住回嗆，氣氛瞬間解凍。

「那是因為我都在打boss啊！」阿囧回應。

「你少臭美，又沒有多厲害。」白嘉羚罕見的揶揄阿囧。

「是的，學姐教訓的是！」阿囧立刻裝乖，實在很欠揍。

「我們……太『肉腳』了，輸了電競比賽，真抱歉……」林春藤跟阿囧先生道歉，頓時房間又安靜了下來，大家偷偷觀察阿囧的表情，怕他心裡難過。

「不會啊！這是我遊戲生涯中最棒的一場比賽了！」阿囧很驕傲的說。

雖然開賽三分鐘就被幾個小學生電爆，可是和好朋友並肩作戰的感覺終生難忘。

「那下次……我們來連線好了……反正住院也……很無聊……可以嗎，媽媽？」林春藤雖然這麼說，但他連把手伸出棉被都有問題。

林媽媽眼眶含淚，連聲答應：「好，想玩什麼都好，只要你趕快好起來……」

「我會幫你拿學校筆記來啦。」我說：「雖然我的筆記是老師說什麼我就全部照抄一遍，不過這樣你應該會有跟我們一起上課的感覺吧……」

「好啊……我可以……趁機練習……念力移物。」林春藤即使躺在病床上，但樂天的性格和對超能力的執著一樣沒變。

「春藤同學，你要好好休養，其他事情不用煩惱喔！」麥克老師一臉頹喪，畢竟自己指導的社團學生出了意外，我想他應該也很自責吧？

「老師，我好像……你說的『超人』李維喔！您放心……我會……振作起來的……」

「春藤同學，我相信現在醫學那麼進步，你又還年輕，一定可以復原的！記住，要像『超人』一樣滿懷希望，不要輕言放棄。」麥克老師那麼大的人了，卻哭到連肩膀都在發抖，還要學生在一旁安慰他。

「老師，謝謝你這麼照顧我們春藤，上次聽春藤說，你們去丁博士的道場採訪，結果被他們很不客氣的趕出來，謝謝你挺身保護孩子。」林春藤的媽媽跟麥可老師表達謝意，「學校不看好他們成立這個社團，謝謝你願意擔任他們的顧問。」

「這沒什麼啦。林媽媽，這是我應該做的。」麥可老師一把鼻涕一把眼淚，我長這麼大還沒看過這麼愛哭的外國人。

「其實我們很鼓勵春藤去找尋事物背後的真相，所以從小到大他想做的事情，我跟他爸幾乎百分之百支持。幾年前他還在美國時，聽到他阿公說家族裡的成員都相當優秀，在各領域有不同的成就，就像是有超能力一樣，讓他對『超能力』起了很大的興趣……

「實際上家族裡是有幾位親人當上了醫生、律師或是商人，不過這應該跟超能力沒有太大的關聯，只是剛好這些叔叔伯伯都英年早逝，大家講起他們的往事，總會提到他們好的一面。」

「媽……你為什麼要提……這些啊？」

「我只是想告訴社團的同學，其實每個人都很獨特，都擁有與眾不同的能力，不一定要真正找到超能力，才能證明自己是特別的啊！」

「我……我一點都不特別啊！所以才希望……自己也有超能力……」林春藤說著，情緒低落下來。

「你是我所見過最特別的國中生了。」我說。打從第一天認識林春藤開始，我就覺得他的笑容絕對是一種非常特殊的超能力，可以串起一群學校中的邊緣人，凝聚這些被排擠的人的情誼，這真的不是誰都可以辦到的。

「東東……我可能要請你……暫代超能研究社社長的職位了……我們一定要讓社團撐下去……」林春藤故意裝出沙啞虛弱的氣音，搞得大家忍不住笑了出來。

「你白痴喔！這種社團就算被廢了，也是剛好而已，好嗎？」我雖然笑著，可是眼睛不知為什麼又溼潤了起來，只好趕快轉移話題：「我要在祕密基地外面釘一個牌子，寫『禁止社長爬樹』，又不是猴子，還是你想感受百萬年前的東非猿人在樹上睡覺的體驗？」

「哈哈，我沒有在樹上睡覺啦……我只是想爬上去摘芒果而已……很蠢對吧？好啦，我會好好反省……」說著說著，林春藤打了一個呵欠。

自從認識以來，我第一次看他病懨懨的躺著。

也是第一次看他露出疲倦的樣子打呵欠。

「哥，我們先回去好了，讓社長好好休息。」小蕨的聲音好像快哭了。

「呼，沒關係……不急……不要急著走嘛……再說一些有趣的事給我聽嘛……」

我們你看我，我看你，不知道誰有這種機智風趣，能在這種嚴肅且尷尬癌上身的場合，吐露出珠璣字句讓大家開懷一笑。

「你好好休息，等你好了，我帶你們去爬玉山，三日攻頂。」白嘉羚勉為其難擠出幾句話，這應該是她的極限了。

小蕨早就泣不成聲，一句話也講不出來。

白嘉羚見狀，便帶她到外面走廊緩和一下情緒。

「東東……再待一下嘛……不然……我們來猜拳？你們都贏我才能回去喔……」

離開醫院回去的路上，我們幾個人陷入低迷的情緒當中。

林春藤的遭遇好像正應驗了那個神棍丁博士對我們的詛咒。

「萬般功名皆無望」，還有「血光之災困迷陣」這兩句，一直在我心底浮現。

12

壞事的骨牌效應

在這個世界裡，所有人都很會檢討別人的過失，一旦發生令大家不愉快的事情，就像推倒骨牌一樣，最後注定要有人出來背黑鍋……

有時候你覺得自己過得很好，明明看起來沒什麼問題，可是當現實一翻臉反撲過來，你才發現所有一切都錯得很徹底，自己是世界上最活該的罪人。

我沉迷手遊那些時日，生活充滿樂趣與挑戰，總能在小小的視窗裡，找到屬於自己的成就感與快樂，但雪崩式下滑的成績與爸爸的暴怒，讓我不得不認清現實。每當我拿起手機看著自己映在螢幕上、那張裂成蜘蛛網般破碎的臉，心裡就浮現一句：「這是你自找的，OK？」

明明就是充滿理想光芒的超能研究社，在林春藤住院之後，社團的存廢再度遭遇巨大的危機。

林春藤住院後的第二個星期，社團時間變得氣氛低迷、無聊冗長，大家都無法待在空氣凝重的防空洞裡，只好一個拉一個爬上樹屋，望著林春藤摔下去的斷枝發呆。

小蕨遠遠看見麥克老師翻過圍牆，走進庭院。他看見我們後，努力擠出微笑向我們招手，接著也爬上樹。

我的第六感告訴我，麥克老師肯定又捎來某些壞消息。

因為壞消息有骨牌效應，絕對是接二連三而來。

果然，麥克老師爬上樹屋後告訴我們，歐校長要他轉達超能研究社面臨廢社的命運。

那位「松林至聖丁博士」帶著地方民意代表，跑來學校對O長施壓。

學校開了會議，檢討超能研究社的聲音越來越大，甚至波及每位社員，社團中每個人都被放大檢視。

林春藤摔成重傷，甚至可能一輩子癱瘓，因此將社團活動地點設在自家廢棄老宅的安全問題，立刻成為校務會議的焦點，連當初默許社團在校外活動的校長也站不住腳。

林春藤在夜市的蒙眼實驗當然也傳到校長的耳朵裡，學生在校外的行為關乎學校的形象，麥克老師即使為我們辯解，也徒勞無功。

好幾位老師表達意見：黃東祐功課那麼差，是否適合擔任社團幹部呢？聽說他們在社團時間都在打電動，黃東祐不是先前因為手機成癮，還被他爸爸摔爛手機嗎？

阿囧則是被牛頓老師狠狠酸了一頓，說他拒絕參加校內的「物理科學研究社」和科展團隊，也不願意參加高年級的「電競社」，結果又私下報名校外電競比賽，讓老師覺得他不懂得什麼叫「團隊合作」。

「你的團隊不是我的團隊。」阿囧先生聽到後，只淡定說了這一句。

二年級的白嘉羚與一年級的黃雨葳，平常出入校園形影不離，下課後也幾乎膩在一起，也有家長反映，青春期少女過於親暱的行為，恐怕會對其他學生產生不良的影響。

兩人知道之後都非常受傷。

在這個世界裡，所有人都很會檢討別人的過失，一旦發生令大家不愉快的事情，就像推倒骨牌一樣，最後注定要有人出來背黑鍋，而這次背黑鍋的人，是超能研究社的所有成員。

歐校長先把麥克老師叫到校長室去，播放丁博士帶來的監視器畫面。如阿囧先生的神預言，那道場外面的花圃裡果然藏著監視器，這就是他所謂的「天眼通」，對我們事先在那裡探頭探腦早已知情。

麥克老師說，丁博士不斷跟校長強調，他們是正信的宗教，而且跟地方民代很熟，絕對不會寬貸這種老師帶學生上門找碴的行為，一定要懲處老師，並叫學生道歉寫悔過書……

對方氣焰囂張，但O長最後也爆氣動怒。

聽說O長一反常態，收起和藹的笑容，露出陰狠的二號表情，滿臉不高興的說：「丁博士，你說你是正信宗教，又口口聲聲說是自己神明的代言人，不然就叫你的神明來跟我談吧！」讓丁博士一時氣結，真想看看O長當時臉上的表情。

丁博士下不了臺，神明也沒有來找校長，倒是地方官員來了，校長承受各方壓力，最後還是只能妥協。

這學期倒數第二次社團活動時間，大家去醫院探望林春藤，結束後懷著沉重的心情，一起到林家老宅集合。

眺望著林家老宅的風景，麥克老師對我們大家說：

「這一學期經歷很多風雨，我很高興成為你們的社團指導老師，所以在校長那邊聽到所有關於社團的批評，我也一五一十的傳達給你們，因為這樣對你們才公平。」

每個人像是被重拳痛毆一樣，現在才知道自己其實是學校裡的問題人物。

「不過，我想學校一定還是會做出懲處，他們會以春藤同學因傷請假的理由，判定社團人數不足，最後無法成立，所以老師決定做一件事。」

「什麼事？」大夥等待麥克老師回答。

「既然一定要有人負責，那我會負起責任，辭去社團指導老師一職。」

正當我們面面相覷的時候，麥克老師接著說出更震撼的決定：「同時我也會離開馥桂中學，不再兼任美語講師了。」

「什麼！老師為什麼你要辭職？這樣太不公平了！」阿囧立刻抗議。

「沒有那麼嚴重吧？我們又沒有做什麼壞事，為什麼要解散社團？」白嘉羚也附和。

「社團解散就算了，老師不要辭職！」小蕨情緒明顯受到牽動，心急的邊打手語邊發聲。

麥可老師清一清喉嚨，緩緩的說：「大家聽我說。我已經決定了。不完全是因為那個神棍找我們麻煩的緣故，其實我也想要回加拿大了，畢竟我也在這邊教美語好幾年，有點想家了。

「大家還記得『茱蒂』那個美國女孩的故事嗎？她走訪那麼多國家，做了許多志願服務的工作，其實是在找尋自己心裡的一種『理想』，對她來說，能夠幫助別人，就是最美好的工作。

「茱蒂一直是我很敬佩、很想學習的對象，因此如果我有機會為我的學生做些什麼，那麼我一定會義不容辭去做，就算是要我離開目前的工作，我也不會感到可惜。你們只要把道場的事情都推到我身上，說是我主使的，這樣一來他們就不會追究你們的責任了……而我也可以順勢離開這裡，回到我的國家。」

「嗚嗚……老師，我們怎麼可能這樣做？明明不是你的錯啊！」小蕨非常不甘心的掉下眼淚。

「對啊！你是我遇過，最喜歡說臺語的外籍老師，留下來繼續教我們啊！」阿囧說出大家的心聲，沒有一個外國人會比麥克老師更喜歡我們的文化、小吃跟風俗。

「我很喜歡臺灣，不過……」麥克老師伸手摸摸我們的頭，「對於一個離開自己家鄉那麼久的人來說，也是時候像是候鳥一樣飛回去了。」

老師說完，微笑著看看我們，起身沿著繩梯爬下樹屋。

麥克老師無論何時都努力要融入我們的文化，他最喜歡逛夜市，上課總愛夾雜臺語，還會發想各種奇特的上課與考試的方式，讓我們覺得課堂永遠不無聊，在這個時刻，我們才深刻體悟到，金髮碧眼的麥可老師，其實是來自不同的國度，一個遙遠的國家。

大夥哭喪著臉，這也許是最後一次的社團課了。

我們的磨難還沒結束。

社團課的隔天，也就是星期五的中午，我媽媽罕見的打電話給我，幸好我忘記上繳手機到保管盒裡。

當時正在吃午餐的我遮遮掩掩的拿著手機到廁所裡接聽。

「東東，你今天上學，有沒有看到你妹妹？」媽媽的語氣又急又焦慮。

「沒有注意到耶。她是星夜班的啊，我待會過去看看。」我和妹妹早上賴床的時間跟頻率不同，所以一直都是各自上學，通常小蕨會比我早到學校。

「她的導師打來，說她今天沒有到學校！」

電話那端的媽媽，好像在不停的來回踱步。「她的書桌上留了一張字條，寫著：**『我跟學姐去山上找尋很重要的寶物，學校先請假，請給我們一點時間。』**小蕨是不是跟白嘉羚一起離家出走了？」媽媽的聲音感覺快哭了。

「離家出走？」怎麼會？小蕨居然會離家出走？

「嗯，她應該昨天半夜就溜出去了，今天早上沒等到你妹妹下來吃早餐，我才進去她的房間看……」媽媽的聲音聽起來很自責。

我媽就是這樣，認為孩子所有的事情都是她的錯。像我之前手機成癮，被爸爸摔爛手機那次，媽媽也覺得是她買手機給我，才造成我的成績一落千丈。

拜託，是我自己的錯好嗎？小蕨偷偷跑出去，還留下字條，也是她自願的。

我安慰媽媽很久，說我會聯繫她的同學跟老師，這讓我覺得自己責任重大了

起來。

下課時間我衝到阿囧班上，確定小蕨真的沒有到學校，然後再衝到白嘉羚的教室，果然她也不假曠課。

整個世界好像瞬間要崩塌一樣。

13 拯救大作戰

一個人的力量是非常微薄的，可是在這個時代，一個人可以透過網路、遊戲，或是各種志同道合的興趣，與千萬公里以外的另一群人產生連結，這也是一種超能力吧？

白嘉羚到底怎麼了？什麼是「重要的寶物」？小蕨也太衝動了！根本不管我們會有多擔心，我又急又氣，想不出該怎麼辦，本想打電話給林春藤，卻擔心驚動已經受重傷臥床的他。

我想來想去，拿起螢幕破裂的手機，發了一則群組訊息。

十分鐘後，我和阿囧、麥克老師來到祕密基地會合。

到達祕密基地時，我們不約而同的仰望那棵大樹——林春藤摔下來的地方，折斷的樹枝怵目驚心。

「好高啊！」我驚嘆著，再次感受林春藤受的傷有多嚴重。

麥克老師輕輕拍了我的肩膀，「走吧，我們進去替白嘉羚和小蕨想想辦法……」

鬼點子最多的林春藤不在，我們三個，能想什麼方法呢？

阿囧嘆了口氣，「唉，都怪那個白嘉羚啦！沒事自己離家出走跑去山上，還把你妹也拖下水。」

「不能怪她。小蕨是自願跟白嘉羚去的，只是，她可能沒有想過這件事情的危險性。」我說。

「家人有報警了嗎？」麥克老師問。

「有，不過要集結搜救大隊上山，需要一段時間。」我嘆了口氣，接著說：「唉，如果我真的有超能力就好了……」

「超能力？你是說像『超人』那樣嗎？」麥克老師問。

「對啊，最起碼可以『飛上天』，用『千里眼』找到她們在哪，或用『順風耳』聽到她們的位置。」

「或許……」剛才沒吭聲的阿囧這時發言了，「或許我們做得到喔！」

「做得到什麼？」

「超能力呀！」

他將祕密基地裡的電腦開機，打開衛星地圖的網頁，然後指著螢幕上幾個小圖釘說：「果然！林春藤把我們幾個都加入他的聯絡人，手機定位開啟的情況下，我們的位置都會顯現在這個地圖上。」

螢幕上果然有五個小圖釘，我和阿囧，還有麥克老師都顯示在學校後面的林家老宅院子裡，另外一個圖釘是林春藤，釘在小鎮中心的醫院。

還有一個圖釘離我們遠遠的，上面寫著「雨蕨」，就在後山「聚寶山」的山坳一帶。那座山雖然海拔不高，但過去火山口噴發形成的地形起伏卻相當複雜，從小就常常聽聞，誰家的長輩上山採野菜，被「魔神仔」請去家裡作客，遊蕩了好幾天幾夜，才滿身是泥的被人發現，「聚寶山」是鎮上多年來最容易發生事故的地方。

難怪小蕨的電話一直打不通，山坳的谷底很難收到訊號。

「看起來不太妙……這個定位從昨天晚上到今天下午都沒有移動過，一直在同一個位置。」

「你的意思是說，她們發生意外了嗎？」我感到無比焦慮，恨不得馬上衝到山裡去救人。

白嘉羚沒有手機，萬一小蕨的手機也沒電，我們就無法得到她們的定位了！

麥克老師記下座標位置後打電話連絡警方，接著便跟我們說：「嗯，坐我的車，我們趕快出發吧！」

阿囧急忙起身，「好，我收拾一下東西，待會外面會合。」

我跟麥克老師先到外面發動車子，不久後阿囧提了一個大行李袋，氣喘吁吁跟了上來。

「你拿了什麼東西？」

「呼……這就是……我們的……超、能、力！」

麥克老師開車前往小鎮邊緣的登山步道入口，阿囧在車上拿出行李袋，自信滿滿的說：

「我們要靠自己，靠自己的超能力！」

正當我跟麥克老師一頭霧水，只見阿囧先生從行李袋裡掏出一臺X型、有小型螺旋槳的空拍機，我們秒懂他的意思！

空拍機，就是我們的翅膀與千里眼啊！

不只空拍機，座標定位、衛星地圖與網路，都是我們的千里眼，就連在家，也可以參觀國外的街道、博物館或是自然景觀，原來這就是麥克老師說的「新世代超能力」。

「糟了！」麥克老師似乎突然想起什麼，「你們還記得，上次在那個神棍那裡，不是有遇到幾個信徒嗎？」

「對啊，怎麼了嗎？」想起那幾個信徒對丁博士崇拜得五體投地的模樣，對照後來丁博士翻臉詛咒大家的嘴臉，很難相信那些人是為了信仰而聚在一起。

「那大嬸說她買了一批蛇來放生，對吧？」

「對啊……啊，糟了！」我突然喚起不妙的記憶。

「她說買蛇來放生的地方不就是……」阿囧也似乎想到了。

「後山的山坳！」我們不約而同發出尖叫！

到達登山步道的入口時，天色快要變暗，很意外的，有幾個人影已經在那裡了。

原本以為是救難隊的大人，結果我們靠近一看，居然是電競社的高年級學霸。另外還有幾個不知道哪間學校的學長，一群人手上提著大包小包，但看起來不像是要去登山。

我從沒這麼惱怒過，也不知道哪裡生出來的勇氣，沒好氣的衝上前去，完全不像我的作風直接嗆聲：

「你們來幹麼？我們要去救人，好狗不擋路！」

幾個學長互看一眼，「同學，你不要這麼嗆好嗎？我們是來幫忙的。」

「幫忙？」

阿囧從後面提著行李袋氣喘吁吁的跟上來，「是我叫他們來的啦！」

「啥？」我被弄糊塗了。

「我們不是要去找人嗎？單靠我一個人一臺空拍機，要找到何年何月？」阿囧把行李袋裡的空拍機拿出來，接著說：「我在網路群組上敲了幾個電競隊的人，說情況緊急，有沒有人願意幫忙……」

「所以我們就來啦！」學霸學長們紛紛打開自己的行李袋或背包，有的拿出空拍機，有的拿出裝著越野輪胎的遙控機器人。

「剛好我們電競群組裡，有無人機群組，也有AI機器人群組，大家手上都有一些可以幫忙的寶貝，就一起出動啦！」學霸學長露出笑容，一反之前電競場上「機車」的模樣。

「可是……你們為什麼……要幫我們？你們不是仇人嗎？」我轉頭看看阿囧，又轉頭看著學長。

「傻瓜，電競比賽中是仇人，現實生活中哪有分什麼你我。」阿囧一派輕鬆的回答。

「嘿啊，大家都是同校的，我們趕快進去找人吧！空拍機隊可以分區域搜索，電池續航力夠的就飛遠一點，來，大家在google地圖上分配一下區域……」

「帶有遙控越野載具的在哪？哇，在這裡……這是上次機器人大賽冠軍的那臺嗎？有加裝紅外線鏡頭嗎？好，我們進不去的草叢或山洞就先派遙控機器人進去勘查。大家小心一點，聽說這個區域被放生很多毒蛇……」這些參加科展身經百戰的老手自顧自的開始分配工作，就像一個小小搜救隊一樣。

正在熱烈討論的時候，聽到小貨車的「叭叭」喇叭聲。

叔叔開著「黃大加麵包工坊」的發財車出現在登山口。

他跟嬸嬸一下車，跟我打聲招呼便轉身從後車廂搬出一大箱剛烤好的麵包，還有整箱的飲料。

後勤補給也來了。

沒幾分鐘後，五、六臺空拍機就先升空了，那壯觀的畫面真是讓我看傻了眼。

所有人的行動，有一種不言而喻的默契與協調。

要是林春藤在場，一定會感動到落淚吧？

學霸學長們規劃好搜救區域，鎖定小蕨手機最後定位的位置，派出空拍機，分配無線電對講機和藍芽耳機，還設定了一個臨時的通訊群組「拯救白羚大作戰」，同時還有網紅在直播，呼籲更多熟悉地形的網友參與協助，或是去灌爆丁博士的網站，拆穿他的真面目。

「喂，走啦黃東祐，我們趕快進去山坳找人吧！」阿囧提醒了我還有更重要的事，我們在麥克老師帶頭下，一人拿著一枝登山手杖，點亮頭燈，一邊撥弄草叢，一邊往山坳前進。

「我們是不是該等真正的救難人員？就我們幾個人沒問題嗎？」關鍵時刻，

我還是有點擔心。

「我在加拿大參與過國家公園的搜索行動，我會照顧你們。」麥克老師說。

叔叔脫下麵包圍裙與工作服，拿起鐮刀，「嘿，我也跟你們一起上去，這裡我常常上來。」

有叔叔這種救苦救難體質的人一起衝，簡直就是神隊友！

聚寶山登山步道前一、兩百公尺都還算好走，可是隨著岔路越分越細，眼前的火山口盆地，就像一座巨大的森林迷宮一樣，需要很多、很多人幫忙，才有找回妹妹的一絲希望。

幸好阿囧找了學霸三人組。

學霸三人組因為社團與電競隊的關係，認識了很多人。只要認真鑽研一個興趣，就會遇到形形色色的夥伴，有些電玩高手平常還有其他身分，有人在科技公司上班、有人家裡很有錢，玩遊戲只是消遣、有人是運動員，也有人平常是護士或任何一種工作。

這些人都是在遊戲中一起出生入死的夥伴，一旦現實當中有了困難，就會主動伸出援手。

搜救成員中有拿出空拍機的，也有提供登山搜索建議的，甚至還有遠在國外的電競選手，在網路上找到了專業的衛星地圖，製作成搜救路徑的圖檔，傳到我們的手機跟電腦裡。

一個人的力量是非常微薄的，可是在這個時代，一個人可以透過網路、遊戲，或是各種志同道合的興趣，與千萬公里以外的另一群人產生連結，這也是一種超能力吧？

我們跟山林奮戰了一整夜，毫無所獲。

後來，連警消、專業救難人員和記者都分別來到登山口，聽說網路上聲援「搜救隊」的討論越演越烈，當我們在山林裡披荊斬棘，一面注意毒蛇出沒一面大喊小蕨與白嘉羚的名字時，我們已經被寫成了新聞。

搜救任務直到半夜才不得不結束，學霸學長們的家長心急如焚的趕到登山口，空拍機已經無法起飛，大夥只能先收隊各自回家休息充電，約好隔天一早在登山口會合。

爸爸媽媽焦急的在家裡等待，一整晚都守在電話旁邊，叔叔安慰他們不用擔心，說：「她會照顧小蕨的。」

叔叔指的是白嘉羚。在登山方面她跟我們比起來，簡直就像有超能力一樣，年紀輕輕就挑戰百岳，不至於在聚寶山發生什麼危險。

我也相信白嘉羚應該可以照顧好小蕨。我一面聽叔叔安慰焦急的爸媽，一面上網看大家的討論，有人把白嘉羚爸爸挑戰過的豐功偉業都貼上網，還有他以前帶著小白嘉羚登山的照片，照片中穿著羽絨衣、背著龐大登山包的白嘉羚笑得好燦爛。

星期六早上，聚寶山登山口從來沒有這麼熱鬧過，許多人到場加油，讓我們感覺十分溫暖。

破曉後，無線電對講機傳來好消息：「人找到了！」

白嘉羚與小蕨棲身在環形山的深處，一個從山徑上根本看不到的地方。

那裡有個非常簡陋的工寮，採藥人上山偶爾會用來放置器具，白嘉羚帶著小蕨在工寮前的空地紮營，據說天亮後，空拍機捕捉到她們生火的白煙，才終於找到位置。

從小蕨留下字條，到尋獲她們，整整花了三天兩夜。

環形山的谷地長滿了小葉南洋杉與欒樹，還有幾株高大的桃花心木遮蔽了天空，大量的落葉堆積在坡地上，一腳踩上便會陷落、滑到山坳深處。

但小蕨跟白嘉羚其實沒有受傷，她們在山坳底下紮營，身上也有自己準備的泡麵與補給品。

幸好白嘉羚選擇紮營的地點很安全，帳篷周圍挖了防蛇溝，撒上草木灰，搜救大隊的人看了，都不相信這是國二小女孩設置的營地。

兩人沒有大家擔心的脫水現象，也沒有被毒蛇咬傷，她們被找到時，正收拾裝備準備前往下個目的地。

白嘉羚跟小蕨的山林縱走計畫當然不得不喊卡，兩人被搜救隊護送下山。

回到登山口時，守候在這裡的小鎮居民跟同學一陣歡呼鼓掌，但白嘉玲一臉不悅，妹妹則是一副做錯事的虧心模樣。

沒有人責怪白嘉羚，因為她其實把小蕨照顧得很好。

我突然覺得很生氣，明知不能把責任全都推給白嘉羚，但還是用力對她大吼：

「白嘉羚，你這次真的太過分了！我真的覺得你、很、自、私！」

「哥哥，不要罵她，是我自己要跟的。」小蕨生硬的擠出這幾句話，眼淚也立刻掉了下來。

「你不要講話！我是替媽媽還有爸爸罵的！」我還在氣頭上，爸媽因為擔心這個笨蛋妹妹，這兩天幾乎沒有吃飯，晚上也睡不著，你回家準備被摔手機吧！

「我不講話，真的不講話了。」妹妹終究還是妹妹。她淚眼看著生氣的哥哥，一句話就示弱也示威，宣告：如果我再不閉嘴，她會跟我冷戰一輩子。

我只好拉著她的手臂，不爭氣的像小學生一樣醜哭起來。

真希望我有超能力，讓休眠的聚寶山火山爆發，好讓大家忘記此刻這一幕。

14 我想成為什麼樣的人

明知道要輸的比賽、明知道沒有辦法成立的社團、明知道找尋不到的超能力。為什麼還要滿懷熱情的去追尋、追尋、再追尋呢？

從小到大我最討厭的學校作業，就是作文，而最討厭的作文題目，就是「我的志願」。

這分明就是大人們預謀用來嘲笑小孩子不懂事的傻願望而設計的題目，為了證明他們根本沒有認真思考將來，並凸顯這些可笑志願沒有半點實現的可能。

無所謂啦，每次寫作文時，當老師又出了這類「我最敬佩的人」、「我想成為什麼樣的人」的題目時，我就在心裡狂翻白眼。

進入國中後，我們也逃不開宿命似的寫了幾次那樣的題目，這學期最後的國文作業，就是這樣一篇八股作文，雖然不交也無所謂，但我還是每個星期到醫院，幫臥床的林春藤完成這份作業。

日漸虛弱的林春藤躺在病床上，一個字也沒辦法寫，只能勉強開口，由我幫他寫在稿紙上。

這是我這輩子寫字最慢的時刻：

〈我想成為什麼樣的人〉七年級拾穗班　林春藤

成為一個超能力者，是我的夢想。

我們林家，相傳有一本從以前戰爭時代流傳下來的祕笈，傳授幾百年來林家人喚醒超能力的祕術，但是我一直沒有找到這本祕笈。

這本祕笈是林家祖先經過高人指點，在亂世中躲避戰禍、保護家族血脈的重要傳家之寶。據說這本祕笈，可以教人透視人心、瞬間移動，又可眼觀千里、過目不忘、聽見極細微的聲音……簡直像是超人一樣。看過這本祕笈的林家族人，有人成為醫生、有人成為政治家，也有人靠著超能力大富大貴，逢凶化吉。

但我想要的並不是那些。為什麼要找到這本祕笈呢？因為我想幫助社會上需要幫助的人。

世界各地天災不斷，每天都有不公不義的事情在上演，人類無時無刻面臨許多可怕的意外。

如果我有超能力，就能挺身而出幫助別人。

幸好，我有一群很好的朋友，他們都是超能力者。

我有一個朋友，名叫陳紀永，他像一個永遠在挑戰新事物的戰士，不斷突破極限，你不會知道他反應有多快、腦袋裡在想些什麼，只要有網路，他就擁有千里眼與順風耳的能力，而且做到我一直想做的事——不停幫助需要的人。

我也喜歡社團裡的女生：白嘉羚與黃雨葳。

她們的超能力很特別，白嘉羚是穿梭山野的精靈，我猜她能夠與植物對話、從山谷間的風預知天氣變化，或是施展一個小小的迷宮捉弄倒楣的登山客……但我認為她最了不起的，是毫不畏懼別人的眼光與閒言閒語，堅持做自己。

黃雨葳是一個能在人群中隱形的女生，她的個性溫柔又堅強，總是為別人著想。她很細膩，可以看懂大家看到睡著的電影，還擁有不用開口就能傳達意思的心靈感應。她有一枝很厲害的筆，寫出超強的企劃，這就是能夠幫助別人實現夢想的超能力。

但是說到很會寫就不能不提我另一個朋友，他叫黃東祐，只要有紙筆，就能一字不漏寫下聽到的字句，他創作的文字有一種神奇的力量，可以把無聊的現實生活變成一趟奇幻的冒險。除此之外，他超有義氣，不管我出了什麼餿主意，他都一邊碎唸一邊挺到底，就連我躺在病床上那麼久了，他還是天天來看我，陪我聊天。

最不可思議的超能力，是他的心裡有一雙明亮的眼睛，所以就算閉著眼，也能看到眼前的路。

擁有這麼多朋友，我已經是世界上最幸運的人了，如果能有奇蹟，我希望可以重新站起來，成為一個沒有超能力的正常少年。

〈我想成為什麼樣的人〉七年級星夜班　陳紀永

我想成為一個電競選手，但我覺得我弱爆了！

媽媽說只要我夠努力，總有一天會實現願望，我也不知道自己是不是真的適合走這條路，畢竟我也常常被打爆，全世界積分排名可能連前兩百名都進不了。

但是我還是很希望能夠當一個電競選手。

因為這是我唯一想做的事情，我喜歡在電玩世界呼風喚雨的感覺，也喜歡被別人誇獎跟崇拜，每次只要有電競比賽跟直播，我就會看到最後，想像自己也在遊戲當中。看到臺上獲獎的選手，我也會想像自己正在上臺領獎，覺得很光榮，還有一切努力練習都是值得的。

有時候我覺得自己比別人幸運，因為我出生在單親家庭，沒有爸爸管我，或囉嗦我電動打太多。像我國小同學東東就很慘，全世界都知道，他爸爸把他的手機摔爛。

我媽媽很支持我當電競選手，我很感謝她，希望有朝一日我得到世界冠軍，可以讓媽媽覺得驕傲，到時候我要好好孝順她，因為她一直為我煩心，我覺得她真的很辛苦。

最近媽媽跟我說：她為我感到驕傲。

前一陣子我們班的黃雨葳跟二年級的學姐去爬山，因為沒有事先跟家長報備，結果搞得雞飛狗跳，搜救隊全員出動大搜山，這件事情跟我也有一點關係，因為這兩個女生跟我同個社團，所以我也上網找救兵，最後幸運找到她們，感謝科技，科技萬歲！

很多人謠傳說這兩個女生是女同性戀，但我覺得不是。學姐平常雖然酷酷的，但其實她跟我一樣沒有爸爸，所以才裝酷。我後來上網找到她爸爸留給她的日記，費了好一番功夫呢，請叫我「人肉搜尋引擎」。

學姐看完日記後哭到不行，我第一次看她哭成那樣。

這讓我想起媽媽在我小時候偷偷幫我成立的粉絲頁，裡面放了一大堆我的醜照片，只有親戚還有火鍋店的老顧客會來按讚……原來那就是父母留給我們的數位記憶吧？

我覺得當一個能夠幫助別人的電腦工程師，似乎也是一個不錯的職業。

我也喜歡「自造者運動」，做什麼都好，可以自己研發設計、組裝生產，享受這種過程，真是太棒了！

所以我要修改我的志願，當一個電競選手或電腦工程師，或是工業設計師，好像都不錯。

〈我想成為什麼樣的人〉七年級星夜班　黃雨蕨

媽媽，對不起。

我知道這是學校作文作業，題目是：「我想成為什麼樣的人。」我只是很想跟您說這句話。

我不知道我想成為什麼樣的人，但是最近發生了一件事，讓我成為我最不想成為的人。

我讓媽媽難過，讓哥哥生氣，爸爸更是氣到不想理我。

我錯了，對不起。

但是我的夥伴們並沒有錯。

這幾天我上網看到，好多網友一直罵他們，我邊滑手機邊流淚，他們是無辜的，錯的是我。

罵我們沒關係，因為我們真的思慮不周就上山，浪費大家的資源來救我們。

但我哥哥非常擔心我的安危。我剛走出登山口時，看見他怒氣十足衝過來，彷彿小時候我爸打我們的樣子。他凶了白羚學姐幾句，我卻霸道威脅他不可以罵白羚學姐，其實那時候我應該讓他好好罵我一頓才對，我確實欠罵。

白羚學姐說她也嚇到了，還以為哥哥會打她一巴掌，因為她在哥哥眼神中看到怒氣跟殺氣。

我想，這件事應該不會發生。

哥哥從小就被爸爸打到大，若說起暴力這件事，他絕對是最反對的人。連我都看得出來，那時候哥哥多麼努力克制自己。

暴力不能解決事情。

這是哥哥說的。

白羚學姐回家後，不接任何訊息，反省了很久，之後來家裡跟媽媽道歉，我不知道媽媽跟她說了什麼，兩人在房間裡哭了半個小時。

這件事不能怪白羚學姐，她只是想要上山找回一個屬於自己的重要寶物。

那是她爸爸留給她的……山羊角做成的項鍊。

白羚學姐說，上次從那個什麼鬼道場回來後，就一直找不到那條山羊角項鍊，那是她爸爸用山上撿拾到的臺灣長鬃山羊斷角做成的，對她而言，是她爸爸留給她的唯一紀念品。

她曾經說過在她爸爸死於山難後，有一次她跟家人吵架，什麼裝備都沒有拿，一個人搭車到了向陽登山口，氣呼呼一路往上爬到了山屋，因為沒有申請入山，只能偷偷走她爸爸曾帶她走過的小徑，繞過檢查哨，一路上遇到的山友都是爸爸的舊識，大家看見白羚學姐後禮貌的對她拉了帽簷致意，沒有人對於她獨自爬山感到訝異。

她輕裝前行，有時攀爬有時小跑步，一點都不感到疲累，想起以前背著裝備跟著她爸爸登山，總覺得是一件苦差事，但也感謝那時候的訓練，讓她面對高山的氣壓變化完全不是問題。

白羚學姐一鼓作氣走到了嘉明湖怒氣才消，抬頭看見一幅永生難忘的美景。

她跟我說：「小蕨，你有看過高山上的夜空嗎？銀河熠撒了滿天星光，美到令人難以置信。」

她想起嘉明湖是爸爸媽媽相遇、相戀的地方，整路忍住的眼淚終於掉了下來。

白羚記得她爸爸曾說過，她名字中間那個「嘉」，就是嘉明湖的意思。「羚」，則是山林間靈活跳躍，美麗的大型動物——長鬃山羊，又名「臺灣鬣羚」。

白羚的爸爸還說「山友」除了是「在山裡認識的朋友」或「愛好登山的人」，更像是「山的朋友」。因為當你真正打從心裡熱愛登山、珍惜山林裡的一切，把一座山當作推心置腹的好朋友，與山分享祕密，山也會把你當作朋友。

從那天開始，白羚學姐跟「山」成為好朋友，她說她也會帶我和「山」成為好朋友。

她一直很想找機會上山，看能不能撿到同樣的斷角，自己再做一條項鍊。雖然知道不是同一個紀念物了，但我想白羚學姐只是想念她爸爸吧？

失去的斷角項鍊，後來我們班的陳紀永竟然用３Ｄ列印機神奇的復原了。

以前二年級的學長姐做科展時，曾經向白羚學姐借過那條項鍊，做３Ｄ掃描建模，檔案就存在學校的電腦裡，只要用軟體解碼，用學校的３Ｄ列印機印出來上色就可以了。

阿囧同學也幫學姐在茫茫的網路大海中，搜尋到存放在國外雲端的一本相簿，裡面是白朗峰先生在山上被尋獲的物品，當時的搜救隊翻拍他的隨身筆記，過了這麼多年竟然還保存完好，沒有被刪除。

我問阿囧怎麼找到的？他說這就是「肉搜」啊！阿囧先一個一個比對白朗峰先生歷年來的登山隊友名單，根據英文名字一一搜尋他們的網路資訊，再找尋關於白朗峰先生山難的相關影像與文字紀錄，最後終於找到這本隨身筆記。

林春藤跟麥克老師幫我們寫了一封英文信，對方也很樂意將筆記本寄回，現在已經在寄送途中。

白羚學姐等不及拿到實物，每天都借我的手機，裡面存著她爸爸筆記本的掃描圖檔。看著白羚學姐細細閱讀她爸爸在登山途中寫給她的日記，來不及寄出的思念與疼愛女兒的情感，全都用相機拍下。

彷彿通靈般，父女兩人在心靈的高原相聚，好好的說再見。

還好有留下這些紀錄，感謝阿囧為學姐做了這麼多事。

阿囧是不是在暗戀學姐啊？雖然有點嫉妒，但……

但他是我的偶像，如果可以，我想成為像阿囧這樣，又會寫程式又會打電動，一個能夠幫助所有人的超級英雄。

〈我想成為什麼樣的人〉七年級拾穗班　黃東祐

想不到這篇作文，我是全年級最晚交的。

雖然老師好幾次讓我補交，但因為後來發生一件事，讓我差點寫不出這篇作文。

學期末，林春藤的公祭那天，我們幾個社員都哭到隔天沒辦法上學。醫生說他脊椎受傷後，身體的神經系統及免疫力受損，導致一點點小感冒演變成肺炎，年紀輕輕就告別了我們。

那麼陽光、那麼愛笑、那麼爽朗的男孩子，執著於追求超能力的少年，最後還沒找到超能力，卻早早告別了這個世界。

我除了悲傷以外，還感到非常生氣，他怎麼可以就這樣撇下我們，丟下一個剛成立的社團，然後不負責任的離開人世？

特別是我們這些人都那麼喜歡他，願意跟他一起做一些傻事：在夜市裡面蒙眼走路、測試人體聲納，結果掉到水田裡。拍一些搞笑的科學實驗影片，破解魔術與超能力造假內幕。一起罵髒話，被學姐白眼。

我真希望我們沒有去過丁博士的道場踢館，雖然他後來因輿論壓力而受到應有的報應，不過對於他惡毒的詛咒，我永遠也不會忘記，也不會原諒他。

在防空洞裡看超級英雄的電影、在樹屋上野餐吃麵包享受樹梢風景。

一起組隊參加電競比賽，一起被打爆。

甚至是在搜救白嘉羚與小蕨的期間，他的擔憂與關懷也一直與我們同在。

然後，他就這樣硬生生的轉身離開了，真叫人生氣。

氣他、氣自己、氣世界這麼不公平。

我想成為什麼樣的人？我想成為一個擁有超能力的人，能夠預知未來、透視危險、及時挽回悲劇、保護生命中重要的家人和朋友……

可惜我做不到。

交出作文後，我才了解，為什麼林春藤這麼希望擁有超能力。

因為我們都想要改變世界，改變既定的結局，就像我存在網路上、沒有任何人看到的爛小說「無所謂遠征軍」的結局一樣，主角無法改變任何事：

原本預期的大逆轉並沒有出現。

王子殿下轉身迴避，但已經太遲了。

「邪惡之斧」直接命中了王子殿下的背部，鮮血從盔甲中噴濺而出，瞬間又被黑洞的巨大引力吸了進去。

無所謂遠征軍的任務，至此已經完全破滅了。

明知道要輸的比賽、明知道沒有辦法成立的社團、明知道找尋不到的超能力，為什麼還要滿懷熱情的去追尋、追尋、再追尋呢？

林春藤我真的很生氣，你這次讓我不知道該怎麼辦才好，這不是你傻笑可以解決的事情了。

從公祭回家的路上，我心裡都是那張遺照的燦爛笑臉，一邊走路一邊哭，妹妹拉住我的衣角也一直掉淚，白嘉羚緊緊牽著她另一隻手，阿囧一路碎碎唸，轉移大家注意力，可是誰都知道他一直偷偷抹掉眼眶的淚水。

林春藤的媽媽從會場追出來，叫住我們。

她拿出一個東西，說要給我們留念。

「我想，他會希望你們保留這個鉛筆盒。」林媽媽一瞬間好像老了幾十歲，兩鬢斑白的髮絲，強忍傷痛的紅眼眶，我們一句安慰的話都說不出口。

那是林春藤的鉛筆盒。

林媽媽轉身前，留下一句：「其實他以前在國外，沒有交到什麼好朋友，你們算是他最要好的朋友吧？謝謝你們……」然後就回到公祭會場。

我們面面相覷，不知道林媽媽拿這個給我們做什麼。

這是從開學第一天起，林春藤不斷在上課時打開又闔上的鉛筆盒。

我打開鉛筆盒，裡面有一張對折的便利貼，裡面寫著：

新學期待辦清單：

交朋友、超能力社團
微笑、不要口吃

對我來說，這張紙條代表林春藤的一切。他想成為什麼樣的人？一個真心交朋友，追求理想，對自己要求嚴格的少年，這就是他。

便利貼對折闔上後，外面還有一行字。

那是顫抖的、歪斜的、奮力握筆寫下的字跡，來自於臥病在床的少年：

超人……李維……

林春藤最後的願望，應該是像摔傷脊椎的李維一樣，在癱瘓中站起來吧？如果像他那樣，受了那麼重的傷，卻還是掙扎著想要爬起來，想為朋友做些什麼，那我們站在路邊哭得唏哩嘩啦算什麼好朋友？

如果他沒辦法完成這張紙條上的目標，那就由我們來完成吧！哭過以後，就要站起來，我們望著彼此的眼神，輕輕點頭。此刻不需要言語，我們都擁有了心靈相通的超能力。

從今以後，好好說話不要怕開口。小蕨伸手握住我的手。

從今以後，開朗的微笑面對每一天、每個人。白嘉羚握住我的手。

從今以後，真誠的去交朋友，發揮自己的才能幫助人。阿囧伸手握住我的手。

從今以後，去找尋每個人身上的特質，去找尋自己身上的特質。

每個人都帶著林春藤的一部分，不管是笑容、友善、積極、開朗或是勇於追尋，就這樣繼續走下去……總有一天，每個人都能找到屬於自己的「超能力」。

《超能少年》第一部完

作者問答

寫在冒險之後

Q1

在故事尾聲，黃東祐終於明白每個人都擁有與眾不同的能力，不一定要真正找到「超能力」才能證明自己是特別的。但如果真的有超能力，你最想要哪一種呢？

小時候，我真的希望自己擁有超能力，就像林春藤一樣，什麼都好！給我來一點超能力吧！不管是可以偷偷知道考試題目的「預知未來」，或是從家裡到學校毫不費力的「瞬間移動」，渴望擁有那「神奇的力量」，就算只是「眼神把湯匙折彎」這樣的小把戲也好，多希望自己與眾不同。

現在呢？隨著年齡增加，漸漸明白那些擁有超能力的英雄，只存在於漫畫或電影當中。如果有人要給我超能力，我可能還會覺得有點困擾——「預知未來」？會不會自己不小心爆了正在追的那齣劇的雷？「瞬間移動」？這樣就不能好好欣賞沿途的風景了……如果我的孩子動不動就用意志力把湯匙弄彎了，不能好好喝湯，我會覺得很麻煩耶。

由此可知，長大之後，我們自己就會培養出許多能力，讓自己適應環境，顯示自己與眾不同。有些超能力，對我們來說也就變得不那麼重要了。

但還是有一樣超能力，從以前到現在我都很想要。

人類的大腦真是神奇，自然界沒有任何生物可以比擬人腦的複雜度與潛能，天曉得有多少超能力藏在自己的大腦裡，如果讓我選擇一樣天賦異稟的超能力，我寧願選擇讀書不費力的好頭腦吧？一目十行、過目不忘，還可以舉一反三的好頭腦，每個人都想要！

神奇的是，這似乎是人類唯一可以經由自我訓練而得到的能力。記憶、學習語言、解開宇宙萬物的複雜奧祕，就是人類大腦所擁有的超能力；同時，在腦海中構築美妙的想像世界，奇特的冒險旅程，這也是只有人類才能擁有的超能力呢！

Q2

故事中穿插了青少年喜歡的電競遊戲，甚至在一開始的序章，便是以黃東祐用遊戲角色創作的小說開場。你喜歡玩電玩嗎？如果碰上沉迷於電玩的青少年，你會給他們什麼建議？

在我的童年，「電玩」是一個很棒的禮物，開啟了我各方面的自主學習。而且我看過很多人，憑著對電玩遊戲的熱情，從完全不熟五十音到可以自己去日本旅行。我認為如果能從一件事物當中學到什麼，那麼花在上面的時間與精神就不算「沉迷」，可是如果電玩在你身上造成下列的狀況，那就要小心了：

1.為了解除壓力而打電動：不管是課業、家事、親友聚會、一遇到不想做的事，就想回到遊戲世界。

2.反而增加壓力的電玩時光：在遊戲中，淪為裝備炫耀、人情壓力而耗費時間（甚至金錢）去解重複的任務。

3.遊戲後的心情會讓你煩悶沮喪：不管是遊戲中的敵友的話語，或是遊戲過後的家人規勸，自己感到內疚時光流逝，這些都是重要的警訊。

如果你懂得我在說什麼，那麼你就理解「沉迷」的意義，並且知道要謹慎以對。不妨試著用紙筆寫下在電玩中失去與獲得事物的關鍵字，如：得到「成就感」、「知識」、失去「時間」、「視力變差」等等，可以幫助自己及家人釐清「電玩」的各種優缺點。

Q3 幾乎每個人在成長過程中，都曾像主角們受到大人們的質疑、斥責，但當我們長大後卻又常常變成「自己過去所不喜歡」的大人，你是否有觀察到兩代的矛盾與對立？中間的鴻溝又該如何化解？

如果你把人生，當成一場巨大的「開放世界」遊戲的話，就會知道大人或長輩只是另一群「立場不同」的玩家而已。他們也在這個「開放世界」中收集資源，建造自己的王國，和我們會在遊戲當中做的事情一模一樣。

有時乍看之下是敵對的關係，但也許某一天你的成就點或技能點到了，也會「轉職」成為這場人生遊戲當中的其他職業角色，變成「長輩」或「大人」；到時候你也會擁有自己的立場、不同的任務主線和成就副本，就看你怎麼樣去看待其他的角色。

唯一與虛擬遊戲不同的，是這個開放世界的人生遊戲不能存檔重來，所以你會發現身邊所有「大人玩家」都卯足全力、兢兢業業的在打怪。你把他們當成敵人一定會吃足苦頭，只有把大人當成你的隊友，才有機會消除彼此的鴻溝。

Q4 故事最後並沒有說明「無所謂遠征軍」和「超能研究社」的結局，遠征軍和社團真的被消滅了嗎？這兩者之間是否又存在著相互隱喻的關係呢？

在「多重宇宙論」當中，在我們無法觀測的平行時空中或許存在著另一個自己，只是「他」與現實身處的宇宙中的「我」可能有些不同——故事中的故事，就像一層又一層的多重宇宙，互相牽引又各自象徵著不同的意義，端看讀者怎麼解讀。

黃東祐寫下了「無所謂遠征軍」這篇自創的網路小說，其中的角色當然是從現實生活（超能研究社）中取材，這其實不需要很特殊的宇宙理論來解釋，而是文字創作的魅力。透過觀察、隱喻與轉化，將身邊的人物特質化為創作元素，構築自己獨特的世界觀，這就是文學創作。

創作也是一種很特殊的超能力，專屬於萬物之靈的人類，千萬不要浪費這種能力；至於故事的發展，只要你掌握了創作的靈感之火，任何故事你都可以找到屬於自己版本的結局。

Q5 看到林春藤領便當相信很多讀者都默默掉了幾滴淚水（泣），他還有機會在續集中回歸嗎？「超能研究社」的冒險是否還會延續下去？

對作者來說，創造一個自己心愛的角色，最後讓他死去是最捨不得的。林春藤是我非常喜歡的角色，他是我心中熱情純真的少年形象，也是每個人都會想要的那種好朋友，我一定會讓他在續集中「重生」。

「超能研究社」也是一個很有趣的設定，如果現實世界中有這樣的社團，我一定會申請入社。

人與人之間有相遇，也有分離，冒險旅途中夥伴的離去總是令人感傷，但也許成長過程中，我們總是必須面對悲傷的時刻吧？

跨越傷痛，也是一種超能力。擦乾眼淚，少年們的冒險不會停止，也邀請讀者們跟著續集的夥伴，一起追尋隱藏在自己內在的超能力！

少年天下系列 —— 072

超能少年1：超能研究社

作　　者｜陳榕笙
繪　　者｜Blaze Wu

責任編輯｜李幼婷
封面設計｜蕭旭芳
內頁設計排版｜王薏雯、極翔企業有限公司
行銷企劃｜劉盈萱

天下雜誌群創辦人｜殷允芃
董事長兼執行長｜何琦瑜
媒體暨產品事業群
總經理｜游玉雪
副總經理｜林彥傑
總編輯｜林欣靜
行銷總監｜林育菁
主編｜李幼婷
版權主任｜何晨瑋、黃微真

出版者｜親子天下股份有限公司
地址｜台北市104建國北路一段96號4樓
電話｜（02）2509-2800　傳真｜（02）2509-2462
網址｜www.parenting.com.tw
讀者服務專線｜（02）2662-0332　週一～週五：09:00~17:30
讀者服務傳真｜（02）2662-6048　客服信箱｜parenting@cw.com.tw

法律顧問｜台英國際商務法律事務所・羅明通律師
製版印刷｜中原造像股份有限公司
總經銷｜大和圖書有限公司　電話：（02）8990-2588

出版日期｜2021年9月第一版第一次印行
　　　　　2024年1月第一版第三次印行
定　　價｜300元
書　　號｜BKKNF065P
I S B N｜978-626-305-080-8

訂購服務 ——
親子天下 Shopping｜shopping.parenting.com.tw
海外・大量訂購｜parenting@cw.com.tw
書香花園｜台北市建國北路二段6巷11號　電話（02）2506-1635
劃撥帳號｜50331356　親子天下股份有限公司

國家圖書館出版品預行編目資料

超能少年. 1, 超能研究社 / 陳榕笙文. -- 第一版.
-- 臺北市 : 親子天下股份有限公司, 2021.09
240面 ;14.8X21公分. -- (少年天下 ; 72)
ISBN 978-626-305-080-8（平裝）

863.59　　110013644

立即購買 >